Ah, du mutige Seele, bereit für ein kleines Spiel mit der Dunkelheit?

Hier gibt es keine fröhlichen Helden oder sonnigen Gärten. Stattdessen erwarten dich knarzende Türen, flüsternde Schatten und vielleicht... ganz vielleicht... das Gefühl, dass etwas hinter dir lauert. Aber keine Sorge, es will bestimmt nur *spielen*.

Du könntest jetzt umblättern und weiter lesen. Oder du könntest das Buch zurück ins Regal stellen und so tun, als hättest du es nie gesehen. Deine Wahl – aber wir wissen beide, du wirst die nächste Seite aufschlagen. Schließlich hat dich die Neugier hierher gebracht.

Lass uns also gemeinsam den Weg ins Ungewisse beschreiten. Und hey, falls dir eine kalte Hand über die Schulter streicht... vielleicht ist es ja nur der Wind.

Viel Spaß beim Gruseln!

Impressum:
Bibliografische Information der Deutschen Nationalbibliothek. Die
Deutsche Nationalbibliothek verzeichnet diese Publikation in der
Deutschen Nationalbibliografie; detaillierte bibliografische Daten sind
im Internet über http://dnb.d-nb.de abrufbar.
Veröffentlicht bei Infinity Gaze Studios AB
1. Auflage
Oktober 2024

Infinity Gaze Studios AB
Södra Vägen 37
829 60 Gnarp
Schweden
www.infinitygaze.com

Danksagung

Ein riesiges Dankeschön an all die talentierten
Autoren und Autorinnen, die diese Sammlung so un-
vergesslich gemacht haben. Ohne euch wären diese
Seiten leer. Eure Geschichten haben das Grauen zum
Leben erweckt und jagen den Lesern und Leserinnen
so manchen Schauer über den Rücken.

LENA OBSCURITAS
HOLLY BELLE HARLOW
V. VALMONT
ANDREA PELLEGRINI
INGO SCHLEMMER
MAIKE JOHNKE
NINI SCHLICHT
NYX EVERNIGHT
BIBA AL-NASIRI
ANNIE MIRWALD
JOSEFINE LYDA
VERENA EBNER
RUBY LARUE
HARUKA ISSHIKI

Danke für eure düstere Kreativität!

Geisterfluss

LENA OBSCURITAS

Es war ein langer Weg, den wilden Fluss entlang. Wie eine silberne Schlange zog er sich durch den Wald. Die Bäume standen dicht an dicht, tauchten die Welt in Dunkelheit und gaben dem Fluss eine gefährliche Aura. Sein Wasser war tief, seine Strömungen gefährlich.

Menschen mieden ihn, erzählten Schauermärchen über Kinder, die dort gespielt hatten und nie wiedergekommen waren. Was mit ihnen passiert war, wusste niemand. Vermutlich hatte der Fluss ihre kleinen Körper mit sich gerissen und erst weit entfernt wieder freigegeben.

Auch der Wald, der ihn umgab, barg Gefahren in sich. Solche, die man sehen konnte, und jene, die unsichtbar waren für das menschliche Auge und in ihrer Art noch grausamer als alles, was der Mensch erfassen konnte. Hand in Hand lebte er mit dem Fluss. Spielte er ihm manchmal Opfer zu? Bewegten sich die Bäume, um Wanderer in die Irre zu führen? Die Menschen waren sich sicher, dass dem so war.

Der Wald drängte sich eng an den Fluss und zog sich über viele Meilen bis hin zu einem Gebirge. Dort versank er im Nebel.

Der Fluss ließ sich nur durch sein stetiges Rauschen erahnen. Wer konnte schon sagen, welcher Quelle er entsprang oder in welches Meer er mündete? Jene, die darüber hätten berichten können, waren längst Geister der Tiefe geworden. Der Fluss hatte sie verschlungen, gierig das dargebotene Opfer der menschlichen Dummheit verzehrt. Nach diesen Mahlzeiten schlief er oft jahrelang, bis seine Bosheit erneut erwachte, weiteres Blut fordernd.

Doch die Zeit verging und die Menschen verfielen ihrer unersättlichen Gier nach Wachstum. Sie vergaßen, machten sich selbst durch ihren Ideenreichtum zu Göttern. Die alten Legenden gehörten einem Glauben an, den es zu ersetzen galt. Und so strebten die Menschen weiter nach Macht und Fortschritt.

Dieser Fortschritt machte auch vor dem Wald nicht Halt, überrollte die Schönheit der Natur wie eine Flutwelle. Bald gab es das erste Dorf, das sich am Rande des Flusses ansiedelte.

Zunächst nahm der Fluss es still hin. Er konnte mit Menschen an seiner Seite leben, solange sie ihn und die Macht, die in ihm wohnte, nicht vergaßen. Wurde er nicht gewürdigt und die Wunder der Natur missbraucht, erwachte der Herr des Flusses zum Leben und holte sich, was sein war: das Blut der Menschen.

Als dann die erste Mühle an seinen Ufern gebaut wurde, begann Zorn in den tiefen Strudeln zu brodeln. Sie wollten sein kostbares Wasser vergeuden für seltsame Dinge, die sie aus Bäumen schufen, ohne dem Gehölz zu danken? Der Fluss wollte sein erstes Opfer, forderte Blut für Blut.

VI

Das Verbrechen, das der Natur angetan wurde, sollte beglichen werden. Doch der Flussgeist hielt die Ströme und Strudel zurück. Die Welt hatte sich weiterbewegt. So waren sie wenigstens ein Teil davon.

Die Menschen bauten unermüdlich weiter, erkannten die Gefahr nicht, in die sie sich begaben. Sie erkundeten den Wald und fanden bald eine weitere Lichtung auf der anderen Seite des Flusses. Dort errichteten sie ein zweites Dorf. Wieder verschwendeten sie gedankenlos alles, was der Wald ihnen zu bieten hatte. Sie verjagten Tiere, fällten Bäume und dankten der Natur nicht, die ihnen all das möglich machte. Erneut sann der Fluss nach Rache. Erneut hielt der Flussgeist ihn zurück.

Dann kam jedoch die steinerne Brücke. Die einfältigen Menschen errichteten sie, um beide Dörfer zu verbinden. So mussten sie nicht meilenweit laufen, um eine überquerbare Stelle im Wasser zu finden. Sie sperrten ihn ein, versuchten ihn zu bändigen, indem sie ihm ein graues Halsband anlegten. Nun wurde auch der Herr des Flusses zornig.

Der Fluss schwoll an, bis er fast über die Ufer trat. Das Rauschen seiner Strömung heulte wie ein Rudel hungriger Wölfe. Es sollte den Menschen als Warnung dienen, die Natur nicht zu vergessen. Die Menschen missachteten diese Warnung. Sie häuften Erde an seinen Ufern auf und zäunten ihn ein. Erkannten sie die alten Mächte nicht, die in den dunklen Orten der Welt herrschten? Wollten die Menschen sie am Ende gar nicht sehen? Immer höher wurden die Ufer, damit der Fluss kein Hochwasser führen konnte.

VII

Wütend brüllte der Flussgeist auf. Sein Zorn wurde mächtig und rot, verglühte ihn mit brennenden Kohlen. Das würden die Menschen bereuen. Jetzt wollte er seine Rache.

Lysa stand verträumt am Fenster ihrer Hütte. Ihre kurzen, schwarzen Haare waren verstrubbelt und ungekämmt. Sie war gerade erst vom Spielen mit ihren Freundinnen zurückgekommen. Das Mädchen starrte wie gebannt zum Fluss hinunter. Sie liebte diesen Fluss. Während ihre Freundinnen sich vor ihm fürchteten und ihm nicht zu nahekommen wollten, zollte Lysa ihm manchmal Respekt. Sie warf Blumensträuße hinein, manchmal auch ein übrig gebliebenes Stück Brot.

Doch vorhin war etwas Seltsames geschehen: Ein helles Leuchten hatte sich über den Fluss gezogen. Lysa und ihre Freundinnen waren schnell nach Hause gelaufen, um ihren Müttern dieses Schauspiel zu zeigen. Doch als Lysa mit ihrer Mutter am Fenster stand, lag der Fluss wieder im Dunkeln. Seitdem stand sie regungslos da und wartete.

„Siehst du, Mami? Da ist es wieder", rief sie dann, als sie endlich für ihre Geduld belohnt wurde. Ihre Mutter trat neben sie, während sie sich die Hände an einem Spültuch abwischte.

„Was meinst du denn, Schatz?", fragte sie.

„Das Leuchten", antwortete Lysa. „Siehst du es denn nicht?"

Lysa starrte angestrengt in die Dunkelheit. Sie war schnell gekommen an diesem Wintertag, hatte sich wie eine Decke über den Wald und das Dorf gebreitet. Doch der eigenartige rote Schein durchbrach die schwarze Nacht. Es wirkte, als hätte jemand ein Feuer entfacht und nun brenne die gesamte Oberfläche des Flusses.

Das war natürlich Unsinn. Lysa war zwar noch ein Kind, doch sie wusste bereits, dass Wasser kein Feuer fangen konnte. Ihre Mutter schüttelte den Kopf. „Nein, ich sehe gar nichts."

„Wie kannst du das nicht sehen?", fragte Lysa.

Ihr Atem beschlug das frisch geputzte Glas. Sie wischte die Feuchtigkeit einfach mit der Hand weg.

„Da, genau über dem Fluss! Er leuchtet rot." Das kleine Mädchen machte einen Schmollmund. „Du möchtest mich doch nur auf den Arm nehmen, Mami."

Ihre Mutter strich ihr sanft über den Kopf. „Nein, meine Kleine, das möchte ich nicht. Ich sehe wirklich nichts. Jetzt komm, das Abendbrot steht auf dem Tisch. Wasch dir deine Hände, Vater wartet schon."

Lysa starrte ihre Mutter ungläubig an. Dann warf sie noch einmal einen Blick aus dem Fenster. Das Leuchten war immer noch da. All ihre Freundinnen hatten es doch auch gesehen. Wie kam es, dass ihre Mutter es nicht sah? Widerstrebend wandte Lysa sich ab und lief in die Küche.

Als das Mädchen später in ihrem Bett lag und den Geräuschen der Nacht lauschte, wanderten ihre Gedanken immer wieder zu dem rotglühenden Fluss zurück. Sie kannte die alten Geschichten nicht, die über ihn erzählt wurden. Doch sie brauchte keine Sagen, um das Übernatürliche zu spüren, das dem Wasser innewohnte. Sie war ein Kind. Die Herzen der Kinder waren noch weit geöffnet für die Zauber und Wunder dieser Welt.

Sie schlug ihre Decke zurück und tapste im Dunkeln zu ihrem Fenster. Es war kühl. In ihrem dünnen Nachthemd fröstelte sie, doch eine magische Kraft zog sie dorthin. Lysa wollte nur das rote Leuchten noch einmal sehen, dann konnte sie bestimmt einschlafen. Während sie so dastand, wollte sie allerdings mehr.

Feuerrot leuchtete das Wasser durch die Dunkelheit. Es flimmerte an den Rändern, als würde eine große Hitze davon abgestrahlt werden. Die Flussufer wurden in Licht und Schatten gleichermaßen gehüllt. Lysa war verzaubert. Sie öffnete das Fenster und lehnte sich hinaus. Von weit her hörte sie ein Summen, als würde der Fluss ein Lied vor sich hinsingen.

„Ich höre dich", sagte Lysa leise. „Ich höre, wie du singst. Singen denn alle Flüsse so schön?"

Eine schwarze Stimme antwortete ihr, flüsterte in ihr Ohr und wollte sie in die Nacht hinaus locken.

„Komm zu mir", flüsterte die Stimme ihr zu. *„Dieses Lied ist nicht alles, was ich dir zu bieten habe. Gib dich meiner Strömung hin, und ich zeige dir die Wunder dieser Welt. Ich kann aus dir eine Königin machen, eine strahlende Heldin. Oder ist dies nicht, was du begehrst? Möchtest du*

Lysa wusste nicht, ob die Stimme ein Gesicht hatte
und sie sehen konnte. Trotzdem nickte sie. Eine Königin sein, mit edlen Kleidern und Geschmeide. Eine
neue Welt jenseits ihrer Vorstellungskraft entdecken,
das wollte sie im Schutz der Nacht erleben.

Ohne weiter nachzudenken, lief das Mädchen aus
dem Zimmer. Sie stahl sich durch den Flur; auf Zehenspitzen schlich sie am Schlafzimmer ihrer Eltern vorbei. Sie wollte dem Fluss nur einen kurzen Besuch ab-
statten. Ihre Eltern mussten nichts davon merken.

Jacke und Schuhe blieben vergessen an der Garderobe zurück. An irdische Belange dachte Lysa nicht
mehr. Sie hörte nur noch das Flüstern des Flusses, der
sie mit Abenteuern und Magie lockte.

Den ganzen Weg, von ihrem Haus bis zu den Ufern,
rannte sie. Ihre Füße wurden vom taunassen Gras
klamm und kalt.

„Wo bist du?", rief sie, als sie am Ufer stehen blieb,
unwissend, nach wem sie rief.

Ich bin hier, antwortete die Stimme.

Lysa folgte dem Rufen. Es kam von der großen
Steinbrücke. Ihr Vater hatte geholfen, sie zu bauen. Bis
heute war er sehr stolz darauf. Auch der Flussgeist
wusste das. Aus diesem Grund hatte er Lysa als Opfer
auserkoren.

„Lebst du unter der Brücke?", fragte Lysa und sah
sich nach dem Besitzer des Flüsterns um.

Ja, ich lebe hier. Mein Reich liegt zwischen den Strömen und Strudeln. Doch es ist geschrumpft und nun ist das hier mein Zuhause.

Die Stimme klang verbittert.

„Wieso?", wollte das kleine Mädchen neugierig wissen.

Weil ich hierher verbannt wurde, mein Kind. Einst war ich gewaltig wie ein König, doch du und deinesgleichen, ihr habt mich vergessen und verraten. Aus Angst vor meiner Macht wolltet ihr mich vernichten. Als das nicht funktionierte, habt ihr mich eingesperrt, unter dieser furchtbaren Brücke.

Energisch schüttelte Lysa den Kopf. „Das ist nicht wahr! Ich würde das nie tun! Ich habe dich immer gespürt und geachtet. Wenn ich mit meinen Freunden am Fluss gespielt habe, habe ich deinen Blick gespürt und dir Blumen gepflückt und ins Wasser geworfen."

Da erkannte Lysa eine Bewegung in den Schatten der Brücke, und der Flussgeist trat ins Mondlicht.

„Ich könnte dich nie vergessen", sagte das Mädchen trotzig.

Aber das wirst du. Du wirst älter werden und blind für die Magie meiner Welt.

Der Flussgeist bewegte seine Lippen nicht, trotzdem verstand Lysa jedes Wort. Sie sah die Gestalt mit glänzenden Augen an.

„Magie?", hauchte sie begeistert. „Ich glaube an Magie! Ich werde immer an sie glauben!" Lysa betrachtete den Flussgeist genauer. „Wer bist du?", fragte sie dann.

Ⅻ

Ich bin der Herr über die Ströme, der Gebieter des Flusses. Einst trug ich einen Namen, doch die Menschen haben ihn vergessen. Nun höre ich auf keinen Namen mehr, sondern bin zum Geist im Fluss geworden.

Lysa sah sich den Geist des Flusses genauer an. Sie sah langes, blondes Haar, das weich wie der Mondschein glänzte. Augen wie schwarze Edelsteine, die von dichten Wimpern umrahmt wurden, sahen sie sanft an. Er war nicht durchscheinend, wie Lysa sich einen Geist immer vorgestellt hatte, sondern aus Fleisch und Blut. Sein edles Gewand aus schwarzem und rotem Samt glänzte nass, als wäre er eben erst den Fluten entstiegen.

Begeistert stellte Lysa fest, dass er einen ihrer Blumensträuße in der Hand hielt. Den schönsten von allen, aus weißen Margeriten.

Das alles sah sie, geblendet von ihrem kindlichen Leichtsinn. Die Wahrheit blieb ihr verborgen. Der Flussgeist war kein schöner Held wie aus den Märchen, die sie so mochte. Sein Haar fiel ihm strähnig und verfilzt bis zu den Ellbogen. Büschelweise war es ihm schon ausgefallen. Seine Haut war aufgeweicht, bläulich verfärbt, die Augen milchig weiß, seine Kleidung zerrissen. Die langen Fingernägel waren bereits schwarz und abgestorben. Er war eine Leiche, die zu lange im Wasser gelegen hatte.

„Ich will dich nicht vergessen", quengelte Lysa. „Ich möchte deinen richtigen Namen hören und dein Andenken in Ehren halten."

Der Herr des Flusses lächelte. Mit Kindern ließen sich leicht Spielchen treiben. Außerdem hatte er schon lange nicht mehr das zarte Fleisch eines jungen Mädchens gekostet.

Dann komm mit mir. Ich mache dich zu meiner Königin. Du und ich, wir werden herrschen über Strömung und Flut. Du wirst mich nie vergessen, denn ich werde immer an deiner Seite sein.

Unentschlossen trat die Kleine von einem Fuß auf den anderen. Sie wollte so gerne eine Königin sein. Der Flussgeist hob seine schöne Hand, die in Wirklichkeit eine schreckliche Klaue war, und winkte das Mädchen zu sich.

Lysa warf noch einen Blick zurück. „Aber meine Familie", sagte sie. „Können meine Eltern denn nicht mitkommen?"

Beim Gedanken an Lysas Vater knurrte der Flussgeist leise. Er hatte die Gesichter der Männer nicht vergessen, die damals die Brücke gebaut hatten.

Nein, fauchte er wütend, *niemand darf meinen Fluss ohne meine Erlaubnis betreten! Er gehört mir, ich beherrsche ihn!*

Das Wasser brodelte, floss schneller und drohte über die Ufer zu treten. Lysa wich mit angstgeweiteten Augen einen Schritt zurück. Nur mit Mühe konnte sich der Flussgeist wieder beruhigen. Der Wasserpegel sank und das drohende Rauschen wurde zu einem sanften Plätschern.

Entschuldige, sagte er dann, *aber ich kann den Menschen nicht mehr vertrauen. Du bist die Erste, mit der ich seit langem spreche.*

„Wirklich?", fragte Lysa, nicht ohne Stolz. „Aber, was mache ich denn ohne meine Eltern?"

Wo wir hingehen, brauchst du deine Eltern nicht mehr. Ich werde mich um dich kümmern. Solange wir einander haben, brauchen wir niemand sonst. In dir werde ich endlich meine Flusskönigin finden.

Lysa trat an das Flussufer. Der Fluss wirkte tief, die Strömung reißend. Das Mädchen wagte es nicht, ins Wasser zu steigen. Die Strömung würde sie mit sich ziehen, weit weg von ihrem König. Aber sie wollte doch so gerne eine Königin sein!

Worauf wartest du?

Der Flussgeist klang ungeduldig. Wenn Lysa noch länger wartete, würde er sie vielleicht nicht mehr wollen.

„Ich habe Angst", gab sie deswegen zu. „Die Strömung ist zu stark."

Das Wasser wird uns gehorchen. Du musst keine Angst davor haben. Das Volk verschlingt seine Königin nicht.

Da machte Lysa den ersten Schritt in den Fluss hinein. Sie glaubte dem Flussgeist. Als Kind wusste sie noch nichts von den Menschen und ihrer Grausamkeit. Woher sollte sie auch wissen, dass Königinnen immer ihrem Volk zum Opfer fielen?

Das Wasser war eiskalt, zerrte hungrig und mit starken Fingern an ihr. Der Fluss war ungeduldig und wollte sein Opfer. Lysa schnappte erschrocken nach Luft. Sie wollte umkehren, zurück zum Ufer. Doch selbst das Umdrehen fiel ihr schwer. Die Strömung schob sie unermüdlich vorwärts.

Der Flussgeist trat von dem kleinen Fleck Erde unter der Brücke herunter, ging dem Mädchen entgegen, das in tieferes Wasser kam.

IV

Lysa fiel es nun immer schwerer, einen Fuß vor den anderen zu setzen. Das Wasser schien dickflüssig wie Treibsand zu sein. Sie atmete keuchend durch den Mund. Ihre Muskeln schrien nach Erlösung. Mittlerweile reichte das Wasser ihr bis zur Brust. Sie musste sich auf die Zehenspitzen stellen, um sich bewegen zu können. Doch Lysa behielt ihr Ziel vor Augen: den schönen Mann, der mit einem gütigen Lächeln auf sie zuschritt.

Komm nur, Mädchen. Ich werde dir Macht schenken, die deine kühnsten Träume übersteigt.

Noch einmal sammelte Lysa alle Kraft, aber sie war müde, so schrecklich müde. Sie fiel vornüber in das kalte Wasser. Bevor das Mädchen jedoch auf den Grund sinken konnte, hüllten sie starke Arme ein.

Erleichtert öffnete Lysa die Augen, wollte ihrem schönen Retter mit einem Kuss danken. Das taten die Prinzessinnen aus ihren Märchenbüchern auch immer. Sie erstarrte mitten in der Bewegung. Ihr Mund öffnete sich zu einem Schrei, der unter Wasser kaum zu hören war.

Sie sah den Flussgeist in seiner wahren Gestalt, das hässliche Monster, das sie gierig an sich presste. Die Gesichtshaut hing in Fetzen herunter. Eine schwarze Zunge leckte gierig über tote Lippen. Ein heiseres Kichern drang aus seiner Kehle.

Lysa strampelte, versuchte, sich zu befreien. Sie bereute es nun, ihr Elternhaus verlassen zu haben. Doch diese Erkenntnis kam zu spät.

„Nein!", schrie Lysa.

Ihr Schrei wurde vom Wasser verschlungen, das nun schmerzhaft in ihre Lungen eindrang. Lysa verschluckte sich, hustete, und noch mehr Wasser drang in sie ein. Der Herr der Strömungen zog sie in eine enge Umarmung. Das Mädchen kniff verzweifelt die Augen zu, wollte den Schrecken nicht sehen, der ihr letzter Anblick sein sollte.

Hailey and the haunted Neighbourhood

HOLLY BELLE HARLOW

Kapitel 1: Wiedersehen

„Hailey Dickens dekoriert ihr Haus für Halloween – dass ich das nochmal miterleben darf, hätte ich nicht gedacht."

„Oh, hey, Charly!" Die schöne Brünette stieg von ihrer Leiter ab und trat an ihren ehemaligen Mitschüler aus der High School heran, bevor sie ihn in eine liebevolle Umarmung schloss. „Was machst du denn hier? Ich dachte, du studierst in Boston."

„Tue ich auch", erwiderte er mit einem Lächeln. „Allerdings habe ich ein Praktikum in der Nähe angenommen, weshalb ich dachte, dass es angebracht wäre, bei meinen Eltern vorbeizuschauen."

„Verstehe." Sie löste sich von ihm. „Carol und Harris werden sich bestimmt freuen, dich wiederzusehen. Sie liegen mir schon seit Monaten damit in den Ohren, dass du kaum Zeit hast, dich bei ihnen zu melden."

„Ja, das Jurastudium nimmt mich leider komplett in Beschlag. Mom wird mit Sicherheit in Tränen ausbrechen, wenn sie mich sieht."

„Oh ja, das wird sie ganz bestimmt! Du weißt doch selbst, wie nah sie am Wasser gebaut ist. Sie meinte, du würdest nicht vor Weihnachten hier aufschlagen."

„Ja, vermutlich könnte das noch zum Problem werden."

Hailey legte den Kopf schief und musterte ihren alten Freund mit durchdringenden Blicken. „Wie meinst du das?"

„Na ja, … es ist so, ich habe da jemanden kennengelernt, der nicht gerade um die Ecke wohnt, wenn du verstehst, was ich meine."

„Ach, Charly!" Sie freute sich sehr für ihn. Vor allem, weil er in der kleinen Vorstadt, in der sie zur Schule gingen, als richtiger Schwerenöter bekannt war. „Das ist wundervoll! Wann lerne ich sie kennen?"

Er zögerte für einen kurzen Augenblick. Dann holte er tief Luft und fuhr fort: „Tja, nachdem du mir in der High School einen Korb gegeben hast und ich mich jahrelang gefragt habe, ob es wohl an mir liegen würde …"

„Charly", fuhr sie dazwischen.

„Lass mich bitte ausreden, Hailey." Er legte eine Hand auf ihre Schulter und schenkte ihr ein warmes Lächeln. „Worauf ich hinaus wollte, ist, dass ich unheimlich dankbar dafür bin, dass du mich abgewiesen hast. Das hat die unendliche Kette der Ungewissheit unterbrochen, wenn du verstehst, was ich meine?"

Hailey verstand nicht. Sie hatte keinen blassen Schimmer, was Charly ihr damit sagen wollte. „Tut mir leid, aber ich verstehe nicht ..."

„Ich bin schwul", platzte es aus ihm heraus. „Und die Person, die ich kennengelernt habe, ist ein Er und keine Sie."

Im nächsten Augenblick schien Hailey ein Licht aufzugehen. „Oh! Jetzt verstehe ich, was du meinst!" Wieder fiel sie ihm in die Arme. „Aber das sind doch ganz wunderbare Neuigkeiten! Wann lernen wir den Mann kennen, der Charly Epsteens Herz erobert hat?"

„Puh, ich bin heilfroh, dass du es so positiv aufnimmst."

Haileys Mundwinkel zuckten. „Wieso auch nicht? Es gibt nichts Schöneres als Liebe."

„Ja, es ist nur so, ... ich habe es meinen Eltern noch nicht gesagt. Sie denken nach wie vor, dass ich eine Frau kennengelernt habe." Er räusperte sich kurz. „Ich habe vor, mich beim morgigen Abendessen zu outen und würde mich sehr freuen, wenn du dabei wärst, um mich zu unterstützen." Besorgnis schlich über sein Gesicht. „Ich glaube nicht, dass ich das alleine schaffen werde."

„Aber natürlich!", versicherte sie ihm. „Und ich bin mir ziemlich sicher, dass deine Eltern das gut aufnehmen werden."

„Ich hoffe es so sehr ... Malcolm, meinem Freund, ist die Familie sehr wichtig. Seine Eltern sind sehr tolerant und so liebevoll. Ich wünsche mir einfach, dass Mom und Dad es akzeptieren und mich so behandeln, wie sie es immer tun."

⬡

„Mach dir keine Sorgen, Charly. Ich stehe dir zur Seite, unabhängig davon, wie Carol und Harris es aufnehmen werden."

Ein heftiges Poltern aus der zweiten Haushälfte ertönte und unterbrach die beiden mitten in ihrem Gespräch.

„Was war das?", hakte Charly nach. „Ich dachte, das Haus steht leer, weil unsere Nachbarin Mrs. Sullyvan nach Italien ausgewandert ist."

„Das ist richtig. Sie lebt jetzt in der Nähe von Verona und schickt mir täglich irgendwelche Bilder von viel zu lecker aussehendem Essen." Hailey warf einen flüchtigen Blick in Richtung der Haushälfte, die direkt an ihre grenzte. „Scheinbar sind die neuen Nachbarn vor knapp drei Wochen eingezogen, allerdings hat sie bisher niemand so richtig zu Gesicht bekommen."

„Was, wirklich?"

„Äh, ja ... Obwohl das Herbstwetter dieses Jahr besonders sonnig ist, scheinen sie lieber in ihren dunklen vier Wänden zu bleiben und irgendwelche Möbel von A nach B zu verschieben."

„Verstehe ..." Dann ertönte ein lauter Knall. „Geht das den ganzen Tag so?"

Hailey nickte. „Jepp. Ich frage mich, wann sie damit anfangen, im Garten für Halloween zu dekorieren. Sie sind ziemlich spät dran ..."

„Du solltest dich lieber fragen, seit wann du so früh für Halloween dekorierst." Ihm entfuhr ein leises Lachen. „Ist ja nicht gerade dein Lieblingsfeiertag."

„Das stimmt schon. Aber seitdem immer mehr Menschen in der Nachbarschaft Eltern werden, habe ich das Gefühl, den winzigen Kürbissen und Hexen etwas schuldig zu sein."

„Kann ich verstehen."

„Gott, du hättest sehen sollen, wie niedlich die kleine Pauline in ihrem Stitch-Kostüm aussah! Sie war so brav und hat sich nur einen Lolli aus der Schüssel genommen." Hailey seufzte. „Wirklich zuckersüß!"

„Klingt so, als hättest du selber gerne Kinder."

Plötzlich musste Hailey husten, weil sie sich an ihrer eigenen Spucke verschluckt hatte. „Irgendwann vielleicht. Aber aktuell bin ich ganz zufrieden mit meiner Situation als ewige Singlelady ... Wer weiß, vielleicht adoptiere ich ein paar Katzen und Hamster, um abends in guter Gesellschaft zu sein."

„Katzen und Hamster?" Charly prustete los. „Ich glaube nicht, dass das unbedingt die sinnvollste Haustier-Kombination ist."

Das Poltern im Nebenhaus wurde mit einem Mal so laut, dass die beiden Freunde unwillkürlich zusammenzuckten.

„Oh Gott, was war das eben?!" Hailey schlug sich eine Hand vor den Mund. „Sollten wir klopfen und nachfragen, ob alles in Ordnung ist?"

„Ja, sollten wir. Definitiv."

Charly ging voran, während Hailey ihm unauffällig folgte. Sie stiegen die knarzenden Holztreppen der Veranda hinauf, bevor sie vor der massiven, dunkelroten Holztür innehielten. Mehrere Versuche, die Klingel zu betätigen, scheiterten. Deshalb entschloss sich Charly dazu, laut zu klopfen. Die Geräusche im Inneren des

Hauses verstummten, und die Tür öffnete sich langsam.

Ein dunkelblonder Mann in Haileys und Charlys Alter spähte durch den schmalen Türspalt und begegnete ihnen mit einem warmen Lächeln.

„Hallo. Was ... kann ich für euch tun?", wollte er wissen. Seine tiefe, raue Stimme ließ einen leichten Schauer über Haileys Rücken wandern. Sie fühlte sich plötzlich wieder wie das kleine, unschuldige Schulmädchen von damals.

Himmelherrgott! Er sah so gut aus!, dachte sie sich. Wie konnte es sein, dass ihr der viel zu attraktive Nachbar bisher noch nicht begegnet war?

„Wir haben uns gefragt ...", fing Charly an, ehe Hailey ihm ins Wort fiel: „Ob du uns vielleicht einen Mehrfachstecker für meine Halloween-Lichterkette borgen könntest!"

Charly sah sie mit verwirrter Miene an, woraufhin sie unauffällig mit den Achseln zuckte.

„Einen Mehrfachstecker?" Der attraktive Nachbar warf ihr einen flüchtigen Blick über die Schulter zu. „Ich denke nicht, dass wir so etwas hier haben."

„Wieso, seid ihr etwa Amische?", warf Charly ein, woraufhin er von Hailey einen Hieb in die Seite erntete. „Au!"

„Nein, das nicht." Der Nachbar ließ ein charmantes Lächeln über seine Lippen huschen. „Allerdings haben wir noch nicht alles ausgepackt und ..."

„Was ist los, Vinny? Wer ist da an der Tür?", ertönte eine weitere Stimme. Kurz darauf steckte eine ebenso gutaussehende Frau ihren blonden Kopf durch den

Türspalt, dicht gefolgt von einem weiteren Mann, der kein T-Shirt trug.

Oh mein Gott!, dachten sich Charly und Hailey. Dabei mussten sie die Worte nicht aussprechen, um zu erahnen, was gerade in dem anderen vorging.

„Oh, hi!", sagte die Frau, die nicht älter als fünfundzwanzig gewesen sein musste. „Ich bin Gina. Und das sind meine Brüder Vincent und West." Sie trat auf die Veranda und reichte den beiden Freunden die Hand. „Schön, die Nachbarn endlich mal zu Gesicht zu bekommen."

Schön, die Nachbarn endlich mal zu Gesicht zu bekommen?, wiederholte Hailey in ihrem Kopf. War das ihr Ernst? Schließlich waren sie es doch, die kaum einen Fuß vor die Tür setzten, oder etwa nicht?

„Freut mich, euch kennenzulernen", erwiderte Hailey. „Ich wohne in der anderen Haushälfte, und Charly ist nur zu Besuch bei seinen Eltern."

„Zu Besuch also", wiederholte Gina. Ihre Stimme klang sehr melodisch und angenehm. „Tja, dann ... Schön, dass du hier bist, Charly."

„Danke. Ich bin auch froh, wieder hier zu sein." Charly versuchte, Hailey mit einem leichten Nicken zu verdeutlichen, dass sie besser gehen sollten.

„Okay, dann wollen wir euch mal nicht weiter stören."

„Alles gut, Hailey", versicherte Vincent. „Du kannst jederzeit klopfen, wenn du etwas brauchst."

„Außer einen Mehrfachstecker", ergänzte Charly, woraufhin alle Anwesenden, abgesehen von West, schmunzeln mussten.

„Danke, Vincent. Bis bald!" Hailey hakte sich bei ihrem Freund ein und zerrte ihn von der Veranda rüber in ihr Haus.

„Heilige Scheiße!" Charly kratzte sich am Hinterkopf. „Was um alles in der Welt war das eben?"

„Ich habe keine Ahnung", betonte Hailey gedehnt. „Aber hätte ich gewusst, dass Cara Delevingne und ihre attraktiven Brüder nebenan wohnen, hätte ich mit hoher Wahrscheinlichkeit schon früher geklingelt."

„Verständlich!" Charly machte große Augen. „Hast du dir diesen West mal angesehen?!" Ein schrilles Pfeifen kam über seine Lippen. „Wäre ich nicht vergeben, wäre er definitiv mein Typ."

„Ja, wobei er doch etwas wortkarg rüberkam, findest du nicht?"

„Schon, aber manchmal ist es auch nicht notwendig, viel zu sagen."

„Absolut." Hailey grinste. „Da du schon mal da bist, möchtest du etwas trinken? Einen Tee oder einen Pumpkin Spice Latte vielleicht?"

„Gerne Tee mit Schuss, um den Schock zu verdauen."

„Natürlich."

Kapitel 2: Zu wenig Süßkram

Das Gepolter wurde in den darauffolgenden Tagen nicht besser, sodass Hailey sich ein weiteres Mal dazu durchgerungen hatte, bei den Nachbarn zu klopfen. Allerdings öffnete ihr niemand die Tür.

Vielleicht hatten sie Kopfhörer in den Ohren?, dachte sie sich. Schließlich wäre das in der heutigen Zeit gar nicht so abwegig.

Was Hailey jedoch sehr verwunderte, war, dass – abgesehen von den neuen Nachbarn – alle in der Straße ihre Häuser für die anstehenden Halloween-Feiertage dekoriert hatten.

Möglicherweise war die Halloween-Deko wegen des Umzugs irgendwo untergegangen?

Jedenfalls konnte sie sich nicht erklären, aus welchen Gründen ihre Nachbarn das Halloween-Fest boykottierten.

„Oh, Mist! Ich habe ja ganz vergessen, die sauren Gummischlangen zu kaufen!", fiel Hailey plötzlich ein. Die mochten die Kinder am liebsten.

Sie setzte sich sofort in den Wagen und fuhr zum nächstgelegenen Supermarkt. Dort angekommen, schnappte sie sich einen Einkaufswagen, eilte in die Süßwarenabteilung und packte deutlich mehr Gummischlangen ein, als die Kinder vermutlich essen konnten.

Beim Abbiegen in die nächste Abteilung prallte ihr Einkaufswagen plötzlich gegen einen anderen, was sie erschrocken zusammenzucken ließ. „Heilige Scheiße!"

„Alles in Ordnung?", raunte eine tiefe, männliche Stimme. „Hailey?"

„Vincent?" Zu ihrer Überraschung war sie in den Wagen ihres Nachbarn gefahren. „W-was machst du denn hier?"

„Äh, einkaufen?" Er zog eine Augenbraue nach oben.

„Oh, ja, natürlich! Entschuldige bitte meine Neugier." Sie warf einen kurzen Blick auf seine Einkäufe und stellte fest, dass auch er zahlreiche Süßigkeiten gekauft hatte. „Sind die für Halloween?"

Ihm entfuhr ein amüsiert klingender Laut. „Schon möglich ..."

„Oh nein! Ich war schon wieder zu neugierig, oder?" Er nickte mit einem schmalen Lächeln. „T-tut mir leid! Das ist eine wahnsinnig dumme Eigenschaft von mir. Ich habe mich nur gefragt, ob ihr überhaupt Halloween feiert, weil ... na ja, ihr habt euer Haus gar nicht dekoriert."

„Sag mal, Hailey ... stellst du uns irgendwie nach, oder so?"

Hailey gestikulierte wild mit ihren Händen in der Luft herum. „Auf keinen Fall! D-denkst du das etwa von mir?"

„Nachdem du unter einem Vorwand bei uns geklopft und unser Haus beobachtet hast – irgendwie schon, ja."

Sie konnte spüren, wie sie rot anlief. Eine Tomate würde in ihrer Nähe förmlich verblassen. „Ich ... geh dann mal. Tut mir leid, dass ich in dich reingefahren bin. Und um die ganze Sache aufzuklären – nein, ich stelle euch nicht nach." Jedenfalls nicht absichtlich.

Nachdem sie gezahlt hatte, eilte sie zu ihrem Auto, um ihre Einkaufstüten im Kofferraum einzuladen. Dabei übersah sie ein kleines Schlagloch und knickte um. Hailey versuchte, das Gleichgewicht zu halten und setzte reflexartig einen wankenden Schritt vor den anderen, ehe die Schwerkraft die Überhand gewann.

Sie sah sich schon mit voller Wucht auf dem harten Steinboden aufkommen, da spürte sie, wie jemand blitzschnell ihre Taille umfasste und den Aufprall verhinderte.

Der Inhalt der Einkaufstüten verteilte sich auf dem gesamten Parkplatz. Dennoch war Hailey heilfroh, nicht anstelle der Gummiwürmer auf dem Pflastersteinboden gelandet zu sein.

„Du solltest aufpassen, wo du hinläufst." Hailey richtete sich auf und erstickte fast an ihrer eigenen Spucke, als ihr klar wurde, wer sie da gerade eben aufgefangen hatte. West – Vincent und Ginas Bruder. „Willst du dich nicht bei mir bedanken?"

„Äh, ... ja. Danke." Wie unhöflich! Klar war sie froh darüber, sich nichts gebrochen zu haben. Allerdings hätte man das auch etwas netter rüberbringen können. Innerlich schnaubte sie genervt. Sie hatte sich seit ihrer ersten Begegnung nicht ein einziges Mal mit West unterhalten und dann kam er ihr so? Da hätte er sie lieber fallen lassen.

„Oh mein Gott, Hailey! Ist alles in Ordnung bei dir?" Gina war ebenfalls anwesend. Besorgt streichelte sie über Haileys Oberarm.

„Hey, Gina. Ja, alles gut! Glücklicherweise hat West mich aufgefangen ..." Sie ging in die Hocke, um ihre Süßigkeiten wieder einzusammeln. Gina tat es ihr gleich.

„Ich hoffe, mein Bruder war nicht unhöflich zu dir." Mit verengten Augen sah sie in seine Richtung. „Er hat es leider nicht so mit zwischenmenschlichen Beziehungen."

„Nicht so wild. Man kann ja nicht jeden mögen."
Hailey lächelte schwach. Nachdem sie alles wieder zu-
sammengepackt und gemeinsam mit Gina und West
in den Kofferraum eingeladen hatte, bedankte sie sich
nochmal für die Hilfe und stieg in den Wagen, um los-
zufahren.

Kapitel 3: Halloween

„Süßes oder Saures!", ertönte es, als Hailey die Tür
öffnete. Es waren die Parkers, die mit ihrem kleinen
Sohn, der sich als Captain America verkleidet hatte,
auf Süßigkeitenjagd gingen. In Mrs. Parkers Händen
hielt sie die kleine Mia, die als Karotte verkleidet war
und einfach bezaubernd aussah.

„Hätte ich gewusst, dass einer der Avengers mir einen Besuch abstattet, hätte ich mich ein wenig mehr
hergerichtet." Wobei sie in ihrem knappen Marienkä-
fer-Kostüm wirklich gut aussah. Zumindest, wenn
man Mr. Parkers lüsternen Blicken Glauben schenken
konnte. Die ganze Nachbarschaft wusste, dass er sich
gerne mal umsah. Doch das ließ Hailey kalt. Niemals
würde sie sich auf etwas dergleichen einlassen.

„Ich bin mir sicher, dass die lieben Eltern des kleinen Captain America auch gerne etwas Süßes hätten."

„Oh, ich habe seit der Schwangerschaft so zuge-
nommen, dass ich aktuell eine strenge Diät mache.
Aber Tom nimmt gerne etwas."

Dass Mr. Parker gerne ein paar von den saftigen
Bonbons hätte, dachte sich Hailey schon. Allerdings

reichte sie ihm keine Gummischlangen, wie seinem Sohn, sondern mexikanische Süßigkeiten der Schärfestärke vier.

„Passen Sie bitte auf, dass der kleine Will die nicht in die Finger bekommt. Diese Süßigkeiten sind nur etwas für Erwachsene", merkte sie an.

Nach einer Weile fragte sich Hailey, warum die Kinder, die bei den neuen Nachbarn um Süßigkeiten geklingelt hatten, nicht wieder aus dem Haus gekommen waren. Gab es vielleicht einen Hintereingang, von dem sie nichts wusste? Aber dann wären die Familien mit ihren Kindern doch auch zu ihr gekommen, oder?

Schließlich wussten alle, dass Hailey sehr spendabel war und außerdem die besten Süßigkeiten der ganzen Stadt hatte.

Auch wenn Vincent ihr nachsagte, dass sie eine Stalkerin wäre, beschloss sie dennoch, der Sache auf den Grund zu gehen.

Deshalb schnappte sie sich ihre braune Felljacke, warf sie sich über und sperrte die Haustür hinter sich ab. Falls doch jemand an ihrer Tür klingeln sollte, und sie bis dahin noch nicht daheim war, stand eine prall gefüllte Schüssel mit Süßkram für die hungrigen Monster auf der Veranda bereit.

Es kam Hailey vor wie ein Déjà-vu, als sie an die Haustür ihrer Nachbarn klopfte, deren Nachname sie nicht einmal kannte.

„Hallo? Jemand zuhause?"

Die Tür öffnete sich einen kleinen Spalt. Dabei ertönte ein lautes Quietschen, das bis an Haileys Trommelfell drang und dort widerhallte.

Zögerlich drückte sie die Eingangstür ins Innere des Hauses und starrte der schwarzen Dunkelheit entgegen.

„H-hallo?" Wieder antwortete niemand.

Doch sie fasste all ihren Mut zusammen und überschritt vorsichtig die Türschwelle. Sobald sie diese passiert hatte, knallte die Tür hinter ihr wie von Geisterhand zu. Eisige Kälte breitete sich um sie herum aus, während die Dunkelheit sie zu verschlingen drohte.

„Ist hier jemand?!", rief sie verzweifelt, aber niemand antwortete ihr. Stattdessen spürte sie einen warmen Atemhauch an ihrem Nacken, was sie sofort zusammenzucken und aufschreien ließ.

Der Boden unter ihren Füßen begann zu beben, und sie stürzte plötzlich in die Tiefe. Alles in ihrem Magen zog sich zusammen, bis sie schließlich auf einem weichen Untergrund landete.

Ihr Herz raste so schnell wie noch nie zuvor. Es fühlte sich so an, als würde eine Horde Zugvögel unkontrolliert und mit voller Wucht gegen ihre Bauchdecke prallen.

Was passiert hier gerade?!, fragte sie sich, als endlich ein Licht aufblitzte.

Sie sah sich um und stellte fest, dass sie sich in einer Art Höhle befand. Entlang eines endlosen Tunnels, der ins Nichts zu führen schien, standen links und rechts zahlreiche brennende Kerzen, die Hailey den Weg erleuchteten.

„Was um alles in der Welt ...?"

Hailey konnte ihren Augen nicht trauen. Wo zum Henker war sie hier? Sie konnte sich nicht daran erinnern, dass Mrs. Sullyvan jemals einen doppelten Boden in ihrem Haus erwähnt hatte. Schließlich half sie der älteren Dame gerne mal aus, wenn es darum ging, ihre Vorräte in den Keller zu tragen und einzusortieren.

„Hallo?!" Was eigentlich wie ein lautes Rufen klingen sollte, hörte sich eher so an, wie ein heiseres Krächzen.

Was war das für ein Geruch? Hailey hielt sich die Nase zu. Sie hatte das Gefühl, sich gleich übergeben zu müssen.

„Hailey! Psssssst, Hailey!", drang plötzlich eine Stimme an ihr Ohr. Sie sah sich um, konnte jedoch niemanden entdecken. „Hier unten, Hailey!"

Sie fuhr herum. Schließlich wanderte ihr Blick gen Boden und sie fuhr unweigerlich zusammen. „Grundgütiger! Bist du das, Charly?!"

Hailey ging in die Hocke und kniff ihre Augen ganz fest zusammen. Vor ihr stand ein winziger Charly, eingewickelt in einen sauren Gummiwurm.

„Ich träume ... Ja, so muss es sein!" Sie schüttelte den Kopf. „Das hier ist nicht real!", sagte sie sich, während ihr Puls simultan zu ihren Worten in die Höhe schnellte.

„Nein, du Dumpfbacke!" So hatte Charly sie immer in der High School genannt. Also wohl doch kein

Traum! „Deine neuen Nachbarn sind so etwas wie Hexen oder Zauberer!"

„Hexen oder ...? Charly, ich verstehe nicht ..."

„Hör mir zu! Du musst hier so schnell wie möglich abhauen! Sie verwandeln alle in Süßigkeiten, um sie anschließend aufzuessen!"

„Um sie aufzufressen? Aber wie ...?"

„Oh mein Gott, sie kommen!" Ein lautes Knacken sorgte dafür, dass Hailey panisch aufsah. „Lauf, Hailey! Los, sofort!"

Sie tat, was ihr Freund sagte. Rasch griff sie nach dem kleinen Charly und hielt ihn fest in ihren Händen. Dann rannte sie in die entgegengesetzte Richtung, bis ein paar gruselige Fratzen an den Wänden auftauchten und sie so sehr erschreckten, dass sie wieder kehrtmachte.

„Was zum Teufel ist hier los?!"

Sie rannte so schnell, wie ihre Beine sie in diesen verfluchten, unbequemen Schuhen tragen konnten.

„Haben wir sie abgehängt?", wollte Charly von ihr wissen.

„Ich weiß es nicht."

Kurz fühlte Hailey sich sicher, da spürte sie wieder diesen warmen Atem im Nacken, der sie haltlos aufschreien ließ.

„Hailey ...", flüsterte eine gruselige Stimme. „Süße Hailey ... Gesell dich doch zu uns an den Tisch und koste ein wenig von deinen lieben Nachbarn!"

„Oh Gott, Charly! Was soll ich jetzt tun?"

„Irgendwas!" Auch ihm war die Panik deutlich anzuhören. „Aber bitte, iss mich nicht!"

ⅡⅢ

Der Boden unter Haileys Füßen bebte. Im nächsten Moment öffnete sich eine Art Falltür und Hailey stürzte hinab in die Tiefe, ehe sie auf einem gigantischen, wackelpuddingartigen Luftkissen landete.

„Alles in Ordnung, Charly?"

„Ja, alles gut! Ich denke nur, dass ich ein Schleudertrauma habe. Aber alles ist besser, als aufgefuttert zu werden." Da hatte er wohl oder übel recht, dachte sich Hailey. „Wenn ich sterbe, bevor ich die Chance habe, mich zu outen, dann komme ich definitiv als Geist zurück und werde dieses verdammte Haus heimsuchen!"

„Tut mir leid, aber ich bin gerade nicht zu Scherzen aufgelegt und … Ah, Hilfe!"

Haileys Körper fing an zu schweben. Hatte die Schwerkraft etwa ausgesetzt?

„Halt mich fest, Hailey!"

„Egal, was passiert, ich werde dich auf keinen Fall loslassen!"

„Tja, meine Süße, das wirst du aber müssen." Hailey war sich zu einhundert Prozent sicher, dass es Vincents Stimme war, die in den dunklen Gängen widerhallte. Wie durch Zauberhand lösten sich ihre Finger vom Körper des winzigen Charlys, und sie musste dabei zusehen, wie dieser in Ginas Richtung schwebte und in einer handgroßen Bonbonschale verschwand.

„Bitte nicht!", flehte Hailey. „Ihr dürft Charly nicht aufessen, er hat euch nichts getan! Abgesehen davon hat er sich noch nicht geoutet!"

Großes Gelächter brach um Hailey herum aus, und sie fragte sich, ob diese Nacht jemals enden würde.

IIIIV

„Was wollt ihr von uns?!"

„Na, Zucker!", nun schien auch West seine Stimme wiedergefunden zu haben. „In Gummiwürmer gehüllte Menschen schmecken einfach zu gut!"

Hailey merkte, dass sie keine Chance hatte. Was sollte sie also tun? Im Grunde war sie machtlos, aber aufgeben kam nicht in Frage. Also beschloss sie, mit den Bösewichten zu verhandeln. Zumindest würde sie nichts unversucht lassen, um ihre Nachbarn zu retten.

„Gebt mir wenigstens die Chance, mich zu beweisen!", schlug sie ihren mysteriösen Mörder-Nachbarn vor, die nicht gerade abgeneigt zu sein schienen.

„Was haltet ihr davon?", wollte Gina von ihren Brüdern wissen. „So ein kleiner Spieleabend an Halloween wäre doch etwas Feines, findet ihr nicht auch?"

„Also, ich hätte Lust zu spielen!" Vincent klatschte sich begeistert in die Hände. „Wie wäre es damit: Du gesellst dich etwas zu uns und wir spielen eine Runde ‚this or that'?"

Hailey nickte. Was blieb ihr auch anderes übrig. „N-na gut …", stammelte sie hilflos.

„Wunderbar!" Auch Gina schien Feuer und Flamme zu sein. Sie schnippte laut mit ihren Fingern, sodass Hailey sich wie eine Marionette auf den kalten Steinboden fallen ließ. „Also, meine Liebe", fuhr sie fort, „du hast die Wahl zwischen Charly und der liebenswerten Mrs. Parker. Einer der beiden wird genüsslich von mir verspeist."

Was hat sie gesagt? Hailey konnte nicht glauben, dass sie so ein unmenschliches Spiel mit ihr spielen wollte. Sie hatte eher an eine Mutprobe oder ein Rätsel gedacht. Aber stattdessen hatte sie die Wahl zwischen Pest und Cholera.

„Tik, tak, tik, tak – die Uhr tickt und deine Zeit läuft ab. Du musst dich entscheiden, meine Liebe." Gina lachte. „Ansonsten sterben sie beide."

„Wie wirst du dich entscheiden?", hakte Vincent nach. „Nimmst du zwei bezaubernden Kindern ihre Mutter, oder nimmst du deinem Freund die Chance, sich zu outen und endlich glücklich zu werden?"

Was die gruseligen Nachbarn von Hailey verlangten, war unmoralisch und verabscheuungswürdig. Böse und gemein. Aber sie musste es tun. So würde zumindest eine Person gerettet werden.

„T-tut mir so leid, Mrs. Parker ..."

„W-was?!" Mrs. Parker brach in Tränen aus. „A-aber ich habe doch Kinder! Eine Familie ..." Als sie merkte, dass Hailey ihre Meinung nicht ändern würde, zeigte sie ihr wahres Gesicht: „Du verdammtes Miststück! Du hast bestimmt eine Affäre mit meinem Mann und kannst es vermutlich deshalb kaum erwarten, mich loszuwerden!"

„N-nein, so ist es nicht! E-es tut mir so leid, Mrs. Parker, ich ..."

Aus Vincents Mund ertönte ein lautes Dröhnen, das an den Buzzer einer Fernsehshow erinnerte. „Die Zeit ist um. Wen von den beiden soll ich nun verspeisen?"

Hailey kniff die Augen fest zusammen. Die Bitterkeit war ihr deutlich anzusehen. Aber sie konnte und wollte nicht aufgeben. Vielleicht würden sich die drei Psychopathen früher oder später auf einen Deal einigen, bei dem sie nicht die halbe Nachbarschaft auslöschen mussten.

„Bitte ... tut das nicht ...", flehte sie.

„Nina, das Kind von nebenan, oder Shelly, die nette Grandma aus dem Supermarkt?"

„Entscheidungen über Entscheidungen", führte Vincent an. Dabei zeichnete sich ein diabolisches Grinsen auf seinen Lippen ab. „Trifft man die Flasche, kann das nicht nur verheerende Folgen haben, sondern ein ganzes Leben zerstören."

„Du meinst wohl eher auslöschen", ergänzte West.

„Los, wähle eine von beiden aus!" Ginas Ton wurde ernster. „Wenn du noch weiter zögerst, sterben beide."

Die heißen Tränen auf Haileys Wangen hinterließen eine Spur aus Reue und Verzweiflung. Sie hatte das Gefühl, dass sie die Mörderin war und nicht ihre geheimnisvollen Nachbarn.

„Ich entscheide mich für Nina ... Sie hat noch ihr ganzes Leben vor sich."

Kapitel 4: Sahnebonbon

„Hört auf!", flehte Hailey. „Ich kann das nicht mehr!"

In ihren Ohren dröhnten die Schreie der Verbliebenen. Wenn das so weiterging, würde sie früher oder später den Verstand verlieren.

West schob seinen Zeigefinger unter Haileys Kinn, um es anzuheben. Er sah ihr tief in die Augen, ehe er seine Schwester mit der Bonbondose anrücken ließ.

„Öffne sie, Gina."

Sie tat, was er sagte. Dann griff er hinein, ohne hinzusehen, und hielt plötzlich Herrn Lyric in seinen Händen.

„Du magst doch Süßigkeiten, oder etwa nicht?" Wests Lächeln nahm dämonische Züge an. „Ich weiß aus sicherer Quelle, dass du an Halloween nur die guten Süßigkeiten kaufst. Nun sollst du dafür belohnt werden."

„N-nein ...", wimmerte Hailey. „Bitte nicht!"

„Mund auf, mein kleiner Marienkäfer", sagte er. „Den hier wirst du verspeisen. Und du wirst verdammt nochmal Freude daran haben."

„Das werde ich nicht tun!"

„Ach, Hailey ... Jetzt sei doch keine Spielverderberin!" Gina strich der verängstigten Hailey eine lose Haarsträhne hinters Ohr. „Sei ein braves Mädchen und iss ihn. Er schmeckt wie ein kleines, süßes Sahnebonbon. Du wirst es lieben!"

Hailey schloss die Augen und bemühte sich, die schier unaufhaltsame Übelkeit zu unterdrücken. Dann nahm sie den winzigen Mr. Lyric zwischen ihre schlanken Finger und versuchte, sein Flehen zu ignorieren.

Vergeben Sie mir, Mr. Lyric. Hätte ich das irgendwie vermeiden können, hätte ich es getan.

Sie legte ihren Kopf in den Nacken und öffnete den Mund, um Mr. Lyric hineinfallen zu lassen. Hailey spürte deutlich, wie er zappelte und mit seinen winzigen Fäusten gegen ihre inneren Zahnreihen hämmerte. Unterdrückte Schreie drangen aus ihrer

Mundhöhle, die sofort verstummten, als sie zubiss, wie West es ihr befohlen hatte.

Mr. Lyric war seit dem Tod von Haileys Eltern vor einem Jahr wie ein Vater für sie. Er hatte immer ein offenes Ohr und war stets hilfsbereit. Und sie fiel ihm in den Rücken und aß ihn auf, als wäre er nicht aus Fleisch und Blut wie sie, sondern aus karamellisiertem Zucker.

„Und, was sagst du? Schmeckt gut, nicht?", hakte Gina nach. Dabei fixierten sie und ihre Brüder Hailey mit neugierigen Blicken.

Tatsächlich schmeckte Mr. Lyric im ersten Moment süß und sahnig. Doch dann breitete sich ein widerlicher Geschmack von Metall in ihrem Mund aus. Hailey würgte. Allerdings hatte sie keine Chance, das zerkauten Sahnebonbon auszuspucken, weil Vincent zur Stelle war, um ihr den Mund zuzuhalten.

Sie hatte das Gefühl, zu ersticken. Dass ihre verdorbene Seele sich von ihrem sündhaften Körper löste und es dann – hoffentlich – vorbei war.

„Hailey!", rief ihr jemand zu. „Hailey, wach auf!"

Die Welt begann zu beben, und die Fassade um sie herum bröckelte.

„Hailey!"

Langsam öffnete sie ihre Augen. Und den ersten Menschen, den sie sah, war Charly. Direkt neben ihm stand Mr. Lyric, der gerade dabei war, ein paar Blumen auf einem weißen runden Tisch zu stellen, der sich mitten im Raum befand.

„W-wo bin ich?"

„Im Krankenhaus", antwortete Charly, während er ihre Hand nahm und sie drückte.

Plötzlich sprang Hailey auf. „W-was ist mit den Nachbarn und mit der Bonbonschale?!"

„Hey, beruhige dich!"

„N-nein! D-die Nachbarn, ... der Tunnel! Und die Menschen, die sie in Süßigkeiten verwandelt hatten!"

Haileys Blick wanderte zur Tür, wo ihre Nachbarn standen und sie mit besorgter Miene musterten.

„Du wolltest dir eine Glühbirne von den Nachbarn borgen", entgegnete Charly.

„Ja, das stimmt", nun ergriff auch Vincent das Wort, „du bist auf dem frisch gewachsten Holzboden der Veranda ausgerutscht und hast dir den Kopf gestoßen."

„Wie bitte?"

Hatte sie das alles etwa nur geträumt?!

„Als Gina und West dich entdeckt haben, warst du bereits ohnmächtig." Sie war sich nicht sicher, ob sie Vincents Worten Glauben schenken konnte. Irgendetwas stimmte nicht. Jedenfalls sagte ihre innere Intuition ihr das.

„Ja, Hailey", Gina lächelte, „wir haben sofort den Krankenwagen gerufen."

„Mr. Lyric war als Notfallkontakt hinterlegt." Charly legte eine Hand an ihre Wange. „Ich habe erst heute Morgen davon erfahren, weil meine Mom Mr. Lyric im Blumenladen begegnet ist."

„Geht es Ihnen gut, Mr. Lyric?", wollte sie von ihm wissen.

Ein schiefes Lächeln zupfte an seinen Mundwinkeln. „Ja, wieso? Sollte es das etwa nicht?"

IVX

Beruhigt lehnte sie sich zurück. „Doch, es ist nur …" Hailey wischte sich mit dem Handrücken den Schweiß von der Stirn. „Ich hatte einen furchtbaren Albtraum."

Charly streichelte behutsam Haileys Kopf, ehe er sie in eine liebevolle Umarmung schloss. „Alles wird gut! Was du jetzt brauchst, ist Ruhe. Ruhe und ein kleines, süßes Sahnebonbon."

Was sagte er da?! Ein Sahne...

Hailey sah in die Richtung ihrer neuen Nachbarn, deren Gesichter sich zu dämonischen Fratzen verzogen hatten.

Daraufhin begann ihr Puls schlagartig in die Höhe zu schießen. „C-Charly, siehst du das auch?!" Doch ihr Freund reagierte nicht. „Charly!"

Er reagierte nicht. Stattdessen sackte Mr. Lyric zu Boden und schrie: „Bitte, Hailey! Iss mich nicht!"

Was? Aber wieso ...?

Plötzlich stand West ganz dicht vor ihrem Gesicht. Sie konnte seinen kühlen Atem spüren, der sie zur Salzsäule erstarren ließ.

Anschließend legte West seine Lippen an ihr Ohr und flüsterte mit rauer Stimme ein angsteinflößendes: „This or that, liebe Nachbarin!", ehe ihr ein letzter, angsterfüllter Schrei entfuhr.

Little Miss Pumpkinhead

V. VALMONT

Evangeline war ein Kind des Lichtes, geboren unter dem klaren Firmament, dessen Sterne ihre Augen mit einem seltsamen, unirdischen Glanz erfüllten. Im kleinen Dorf, eingebettet zwischen dichten Wäldern und sanften Hügeln, war sie stets eine Erscheinung, die gleichermaßen Bewunderung und Unbehagen in den Herzen der Bewohner erweckte. Ihre Schönheit war keine, die das Herz erwärmte – sie war kalt, makellos und zugleich unerträglich für jene, die sich in ihrem strahlenden Schein unweigerlich vergaßen. Es hieß, dass der Wind, wenn er durch die Felder wehte, sanfter wurde, sobald er ihre Haut streifte, als wolle selbst die Natur sie nicht entstellen.

Doch eben diese Schönheit war es, die die Dorffrauen in eine Schattenwelt des Hasses und der Eifersucht führte. Sie, deren Jugend vergangen, deren Spiegelbilder täglich grausam die Vergänglichkeit ihrer eigenen Reize aufzeigten, sahen in Evangeline nicht nur ein Mädchen, sondern ein drohendes Unglück, ein Mahnmal ihrer eigenen Ohnmacht. Flüsternde Stimmen vermehrten sich, verborgen in den Ecken der niedrigen Häuser, in denen die Eifersucht wie eine giftige Pflanze wuchs, deren Dornen tief ins Fleisch schnitten.

„Sie nimmt uns alles", murmelten sie im Verborgenen. „Sie stiehlt die Blicke unserer Männer, ohne einen Finger zu rühren. Es ist nicht recht, nicht natürlich."

So kam es, dass die Frauen, angeführt von der Alten Maeve, deren Zunge schärfer war als jedes Messer und deren Augen vor Zorn funkelten, sich eines finsteren Abends im Dorf versammelten. Der Himmel war von dunklen Wolken verhangen, und ein unheimliches Schweigen hatte sich über die Felder gelegt. Maeve, die mehr von den alten Bräuchen wusste, als gut für eine Sterbliche war, führte die Frauen auf eine Lichtung tief im Wald. Dort, in der Finsternis, schnitzten sie einen Kürbis – nicht einen gewöhnlichen, wie ihn die Kinder des Dorfes manchmal zu Festen aushöhlten, sondern einen, der aus den tiefsten Schatten geformt war, verziert mit Zeichen, die längst in Vergessenheit geraten waren.

„Dies ist die Maske, die sie tragen wird," flüsterte Maeve, ihre Stimme wie ein Hauch durch die Bäume. „Der Fluch, der sie trifft, wird sie lehren, was es heißt, uns zu verletzen."

Als der Kürbis fertig war, war die Luft schwer und schwül, und es schien, als habe selbst der Wald seinen Atem angehalten. Die Dorffrauen, nun vom Bann ihrer eigenen Furcht gefangen, schritten entschlossen zurück ins Dorf. Sie fanden Evangeline an der Tür ihres Hauses, allein und unschuldig wie immer, doch an diesem Abend war kein Ort sicher für sie.

Mit sanften Worten lockten sie sie in den Wald, als ob sie ihre Freundinnen seien. Evangeline, nichtsahnend, folgte ihnen, ihre Schritte leicht, fast schwebend über den moosbewachsenen Boden. Doch kaum hatten sie die Lichtung erreicht, änderte sich die Stimmung. Die Gesichter der Frauen verzerrten sich im flackernden Licht der Fackeln, und Maeve trat vor, den verfluchten Kürbis in ihren knochigen Händen haltend.

„Setze ihn auf", befahl sie. „Er gehört dir."

Evangelines Augen weiteten sich, und ein Hauch von Angst zog über ihr Gesicht, doch sie konnte nichts tun, nichts sagen. Die Magie war bereits über sie gekommen. Die Frauen packten sie, und der Kürbis, einst tot und leer, wurde lebendig, als er ihr über das Haupt gestülpt wurde. Augenblicklich spürte sie es – einen kalten, feuchten Griff, der sich um ihr Gesicht legte, als ob der Kürbis selbst sich fest an ihre Haut saugen würde. Sie schrie, doch es war vergebens. Der Fluch nahm seinen Lauf.

Ihre einst makellose Haut begann zu welken, zu faulen unter dem verfluchten Kürbis, der nun fest mit ihrem Gesicht verbunden war. Kein Wind, keine Luft konnte ihren gequälten Atem erreichen. Die Dorffrauen wichen zurück, ihre Gesichter eine seltsame Mischung aus Triumph und Furcht. Evangelines Augen, so strahlend und rein, erloschen nach und nach, bis nur noch die dunkle Leere des verfluchten Kürbisses an ihrer Stelle blieb.

Und so war sie verloren, das einst schönste Mädchen des Dorfes – gefangen in einem verfluchten

IV V

Körper, in einem Gesicht, das unter der Maske verfiel, während die Dunkelheit des Waldes sie umschloss.

Die Frauen kehrten ins Dorf zurück, das Herz schwer, doch auch voller Genugtuung. Sie sprachen nie wieder von jener Nacht, und das Flüstern verstummte. Doch tief im Wald, wo das Mondlicht kaum den Boden berührte, blieb Evangeline zurück – nicht mehr lebendig, aber auch nicht tot. Und der Fluch, der ihr einst auferlegt worden war, wartete nur darauf, sich zu erfüllen, in einer Weise, die grausamer sein würde, als die Dorffrauen es sich jemals hätten vorstellen können.

Das Dorf, eingehüllt in eine trügerische Stille, lebte seinen Alltag weiter, als sei nichts geschehen. Doch unter der Oberfläche, verborgen unter den Routinen des Herbstes, pulsierte ein stilles Grauen, das wie eine Krankheit wuchs. Die Luft selbst schien schwerer, als ob sie die Geheimnisse der Frauen trüge, die sich auf der Lichtung einst verschworen hatten. Das Dorf hatte sich verändert – ohne, dass jemand es wagte, dies laut zu sagen. Die Nacht, in der Evangeline verschwand, war wie ein Schnitt, der nie wirklich verheilte.

Es begann mit den Kindern. Während die Erwachsenen in ihren Häusern blieben, leise, die Fenster geschlossen und die Vorhänge fest zugezogen, schien der Wald für die Kleinen eine unwiderstehliche Anziehungskraft zu haben. Sie hörten das Flüstern der Bäume und erzählten sich Geschichten, die sie kaum verstanden. Sie sprachen von einem Kürbisgeist, einem unheimlichen Wesen, das im Herzen des Waldes lebte, wo die Nebel nie ganz verschwanden und die Schatten sich seltsam bewegten.

„Er kommt in der Nacht", flüsterten sie, wenn die Dämmerung über die Felder kroch, „und er sieht aus wie ein Mensch, aber mit einem Kürbiskopf, schrecklich und groß."

Die Kinder wagten sich immer näher an den Waldrand heran, wo die Bäume alt und verdreht standen, als hätten sie zu lange auf etwas Unheilvolles gewartet. Jedes Mal, wenn einer von ihnen tiefer in den Wald trat, kam er mit neuen, noch düsteren Geschichten zurück. Bald war der Kürbisgeist in aller Munde – nicht nur unter den Kindern, sondern auch in den stillen Küchen der Erwachsenen, wo die Frauen hastig Blicke tauschten, als sie von den Spukgeschichten ihrer Kinder erfuhren.

„Es sind nur Märchen," sagte Nora eines Abends, doch ihre Stimme zitterte leicht. Die Frauen, die damals auf der Lichtung versammelt waren, vermieden es, einander anzusehen. Maeve, die älteste unter ihnen, schwieg völlig. Ihre Augen, trüb und voller unausgesprochener Geheimnisse, blieben stets auf die knorrigen Bäume gerichtet, wenn sie draußen vor ihrem Haus saß. Sie wusste mehr, als sie je zugeben würde.

Doch die Geschichten der Kinder nahmen eine seltsame Wendung. Es hieß, der Kürbisgeist verlange Opfer, sonst würde er die Seelen der Lebenden holen. „Süßigkeiten," flüsterten sie sich zu, „der Kürbisgeist mag Süßes. Wenn wir ihm Süßes bringen, lässt er uns in Ruhe." Und so entstand eine Mutprobe: Die Kinder sammelten Süßigkeiten, kleine gestohlene Kuchen oder Äpfel, und legten sie am Waldrand nieder.

„Für den Kürbisgeist," riefen sie und warfen die Süßigkeiten lachend in den Nebel.

Es schien harmlos, eine Spielerei, bis eines Tages der Junge Oliver, klein und blass mit großen Augen, beschloss, die Mutprobe ernster zu nehmen. Er hatte die Geschichten seiner Freunde satt, hatte genug von den wagemutigen Worten und den heimlichen Ängsten. Also füllte er seine Taschen mit gestohlenen Süßigkeiten – eine Handvoll Bonbons und ein Stück Kuchen, das seine Mutter gerade gebacken hatte – und machte sich auf den Weg in den Wald.

„Ich werde ihm die Süßigkeiten direkt bringen," sagte er kühn, „und beweisen, dass der Kürbisgeist nur eine Geschichte ist."

Die anderen Kinder folgten ihm bis zum Rand des Waldes, ihre Augen groß und voller Staunen. Doch keiner traute sich, ihm zu folgen, als er tiefer in die Bäume hinein verschwand. Die Äste über ihm knarrten wie alte Knochen, und der Nebel lag so dicht auf dem Boden, dass er seine Füße kaum sehen konnte. Olivers Herz klopfte in seiner Brust, doch er ging weiter, immer tiefer in die Dunkelheit hinein.

Nach einer Weile kam er an einen alten Baumstumpf, der wie ein Thron mitten im Wald stand. Hier legte er seine Süßigkeiten ab, genau so, wie die Legenden es verlangten. „Hier, Kürbisgeist," flüsterte er, „nimm das und lass uns in Ruhe."

Der Nebel um ihn herum wurde dichter, beinahe greifbar, und Oliver spürte eine Kälte, die selbst durch seine Jacke drang. Dann, aus der Stille des Waldes, hörte er ein Geräusch – ein leises Rascheln, als ob etwas über den Boden kroch. Sein Herz begann schneller zu schlagen. Er wollte laufen, aber seine Füße schienen an den Boden gefesselt.

Plötzlich, aus dem Nebel, trat eine Gestalt hervor.

Oliver hielt den Atem an. Vor ihm stand etwas, das aussah wie der Kürbisgeist aus den Geschichten der Kinder. Es war groß, viel größer als ein Mensch, und dort, wo ein Kopf hätte sein sollen, saß ein geschnitzter Kürbis. Das schwache Leuchten in den Augenhöhlen flackerte wie das letzte Glimmen einer erloschenen Kerze. Die Gestalt blieb regungslos, nur der Nebel schien sie zu umspielen, als wäre sie selbst ein Teil des Dunstes.

Oliver wagte es kaum zu atmen. Alles um ihn schien stillzustehen. Die Bäume, die eben noch knarrten, waren nun so ruhig, als hätten sie selbst den Atem angehalten. Der Kürbisgeist, oder was immer es war, beugte sich langsam zu den Süßigkeiten herab. Mit knorrigen, langen Fingern hob er ein Stück des Kuchens auf, betrachtete es, als würde er überlegen, und legte es dann mit unheimlicher Sorgfalt zurück auf den Boden.

Oliver schloss die Augen, sicher, dass sein Ende gekommen war.

Doch die Stille wurde noch schwerer, drückend, als ob die ganze Welt den Atem anhielt. Sekunden zogen sich in die Länge, als die Kälte des Nebels seine Haut durchdrang und sein Herz wild in seiner Brust hämmerte. Er wagte nicht zu atmen. Aber nichts geschah. Das leise Rascheln, das zuvor den Kürbisgeist angekündigt hatte, war verstummt. War er vielleicht verschwunden? War alles nur eine Einbildung gewesen?

Langsam öffnete er seine Augen, zitternd vor Angst – und da war er.

Der Kürbiskopf war direkt vor seinem Gesicht, die leeren, leuchtenden Augenhöhlen starrten ihn an, so nah, dass Oliver das kalte, modrige Innere des verfluchten Kürbisses riechen konnte. Der Atem stockte in seiner Kehle. Die knorrigen Finger des Wesens schwebten nur Zentimeter von seiner Haut entfernt, und die Kürbisfratze grinste grotesk, wie eingefroren in einer Fratze des puren Hohns.

Kein Laut war zu hören, kein Flüstern des Windes, nicht einmal der entfernte Ruf eines Vogels. Die Welt stand still, gefangen in diesem einen Moment, in dem das Ungeheuer und der Junge einander gegenüberstanden. Olivers Herz schien in seiner Brust zu zerbersten, als der Kürbisgeist sich noch tiefer zu ihm hinunterbeugte. Er spürte den eisigen Hauch des Geistes auf seiner Haut, spürte das Gewicht des Todes, das über ihm hing wie eine dunkle Wolke.

Dann, plötzlich, ein ohrenbetäubender, durchdringender Schrei.

Der Kürbiskopf riss den weit aufgerissenen Mund auf, und ein markerschütterndes Kreischen erfüllte die Nacht. Es war nicht das Schreien eines Menschen, nicht das Heulen eines Tieres – es war etwas Fremdes, etwas zutiefst Verstörendes, ein Laut, der die Seele selbst erzittern ließ. Es war, als würde der Wald selbst schreien, als würde das Echo durch die Bäume bis tief in die Erde hinein widerhallen.

Oliver spürte, wie seine Beine nachgaben. Sein Kopf dröhnte, als wäre sein Schädel kurz davor zu bersten. Er schrie, doch sein eigener Laut ging im übernatürlichen Kreischen des Geistes unter. Die Augen des Kürbisgeistes, jene leeren Höhlen, brannten sich in seinen Verstand, bis er nichts mehr sah außer dieser Fratze, nichts mehr hörte außer diesem grauenhaften Lärm.

Mit einem letzten Aufschrei, in einem Schockmoment unbeschreiblicher Angst, riss Oliver sich los und rannte. Er wusste nicht, wohin. Seine Beine trugen ihn, wie von unsichtbaren Händen getrieben, durch den Nebel, durch die Dunkelheit, durch den schattendurchzogenen Wald, der ihm nun wie ein lebendiges Wesen vorkam, das ihn verschlingen wollte. Die Zweige kratzten an seiner Haut, als er taumelte, blind vor Angst, doch er rannte weiter, gejagt von dem schrecklichen Schrei, der ihn in den Wahnsinn zu treiben drohte.

Er stolperte, fiel, stand wieder auf und lief, bis der Wald hinter ihm lag und er die ersten Lichter des Dorfes durch den dichten Nebel hindurch sah. Sein Atem ging stoßweise, seine Lunge brannte, doch er konnte nicht aufhören. Die Dunkelheit des Waldes schien ihn noch immer zu verfolgen, als hätte der Fluch selbst ihn gepackt und würde ihn nie mehr loslassen.

Als Oliver das Dorf erreichte, stolperte er keuchend auf den Platz. Die Dorfbewohner, die sich auf den Straßen und in den Häusern versammelt hatten, starrten ihn an – ein Junge, der den Wald betreten hatte, doch kaum mehr als ein Schatten seiner selbst zurückkehrte.

Seine Haare, die einst dunkel und voller Leben waren, waren nun schlohweiß, als hätte das Grauen sie in einem einzigen Augenblick ausgelaugt. Seine Augen, weit aufgerissen, sahen nichts als Leere. Die Haut an seinen Wangen war eingefallen, sein Gesicht gezeichnet von einem Schrecken, den kein Kind ertragen sollte. Er war nicht derselbe Junge, der wenige Stunden zuvor mutig in den Wald gegangen war.

„Der Kürbisgeist…" flüsterte er heiser, seine Stimme kaum mehr als ein Hauch, bevor er zusammenbrach, die Knie auf den kalten Boden des Dorfplatzes schlagend. Die Dorfbewohner, die das sahen, machten instinktiv einen Schritt zurück. Ein unheilvolles Schweigen breitete sich aus. Niemand wagte zu sprechen, niemand wagte sich zu rühren. Die Menschen standen da, starrten auf den ausgezehrten Jungen, dessen Haar nun so weiß war wie der Nebel, der aus dem Wald kroch.

Eine tiefe Furcht, eine, die in die Knochen kroch und sich in den Herzen festsetzte, legte sich wie ein dunkler Schatten über das Dorf. Wenn die Geschichten über den Kürbisgeist wahr waren… was würde als Nächstes geschehen?

Im Dorf war längst nichts mehr, wie es einmal war. Der Nebel kroch nun Tag für Tag schwerer aus dem Wald, als würde er das Dorf umklammern wollen, und das Gefühl von Unheil schwebte über den Dächern wie eine alte, vergessene Schuld. Jeder Schritt, den die Frauen taten, hallte in der Stille wider, als ob die Welt sie verfolgte. Niemand sprach es laut aus, aber sie wussten es alle: Der Fluch, den sie einst über Evangeline brachten, war zurückgekehrt, und er würde nicht ruhen, bis jede einzelne von ihnen den Preis bezahlt hatte.

Es begann mit Nora.

Sie hatte immer die schärfsten Worte gefunden, war die Erste gewesen, die Evangelines Schönheit als Fluch bezeichnet hatte. An jenem Abend, als der Nebel dick wie altes Spinngewebe durch die Gassen des Dorfes kroch, erwachte Nora aus unruhigen Träumen. Ihr Herz hämmerte, und ein seltsames Gurgeln erfüllte die Dunkelheit ihres Schlafzimmers. Sie blinzelte, verwirrt, und sah… nichts. Doch das Gluckern, das Gluckern ging weiter.

Es kam aus der Ecke ihres Zimmers.

Nora setzte sich auf, rieb sich die Augen, und dort, wo ihre alte Holztruhe hätte stehen sollen, saß ein Kürbis. Ein unförmiges Ding, groß und leuchtend von innen, als wäre es mit fauligem Feuer gefüllt. Doch das war nicht das Schlimmste. Der Kürbis, so hässlich und grotesk, begann sich zu bewegen. Er schwoll an, sein Fleisch dehnte sich aus, pulsierend wie ein krankes Herz. Seine Fratze grinste, aber nicht wie ein freundlicher Schnitzkürbis – es war ein Grinsen, das kein Lächeln war. Es war das Grinsen von Rache.

VIII

„Was… was willst du?" flüsterte Nora, ihre Stimme kaum mehr als ein Wispern. Doch der Kürbis antwortete nicht. Stattdessen schossen plötzlich Ranken aus seinem offenen Maul, schlängelten sich wie nasse, klebrige Schlangen über den Boden auf sie zu. Sie wanden sich um ihre Füße, ihre Beine, zogen sie zu Boden, während Nora schrie, doch niemand hörte sie. Die Ranken zogen sie näher, näher an das Maul des Kürbisses, bis sie hineinblickte in das Nichts, das sich darin verbarg.

Mit einem einzigen, grausamen Zug verschwanden ihre Beine in der Tiefe, dann ihre Hüften, dann ihr Brustkorb. Ihr letzter Schrei verstummte, als der Kürbis seine fauligen Zähne über ihr schloss und die Nacht wieder still wurde.

Bridget war die Nächste.

Die Tage waren kürzer geworden, und der Wald, einst voller Vögel und sanfter Winde, war nun eine Stätte des Grauens. Niemand wagte sich mehr hinein, doch Bridget spürte den Atem des Waldes auch aus der Ferne. Als sie in einer der dichten Nebelnächte durch die engen Straßen des Dorfes ging, um Maeve zu besuchen, bemerkte sie das Gefühl, beobachtet zu werden. Die Bäume schienen sich nach ihr zu beugen, als ob sie sie erkennen würden, als ob sie wüssten, was sie getan hatte.

Dann geschah es. Der Boden unter ihren Füßen gab plötzlich nach, und sie stolperte in einen kleinen, unscheinbaren Garten, der von hunderten Kürbissen überwuchert war. Große, kleine, faule und halbverrottete Früchte lagen dort wie abgehackte Köpfe. Bridget taumelte zurück, doch als sie zu fliehen versuchte, griffen die Kürbisse nach ihr. Sie öffneten sich, ihre fleischigen Mäuler gierig und hungrig, und schwarze, schleimige Samen strömten heraus wie Insekten aus einem toten Kadaver.

Die Kürbisse fingen an zu quellen, einer nach dem anderen, wuchsen über den Garten hinaus und krochen wie lebendige Geschwüre auf sie zu. Sie packten ihre Beine, zogen sie zu Boden. Bridget schrie, doch die Dunkelheit verschluckte ihren Schrei, während der Boden selbst sich öffnete und sie verschlang, zusammen mit den fauligen Kürbissen, die nun ihre Sargträger waren.

Es dauerte nicht lange, bis Maeve als nächste an der Reihe war.

Maeve, die Alte, die Wissende, hatte geglaubt, sie könnte dem Fluch entkommen. Sie hatte ihre Rituale durchgeführt, ihre magischen Schutzkreise gemalt, in der Hoffnung, dass die dunklen Mächte, die sie einst entfesselt hatte, nun von ihr fernbleiben würden. Doch Evangelines Zorn war längst über jede menschliche Magie hinausgewachsen.

In der letzten Nacht, als der Mond schwach und trügerisch durch den Nebel schien, begann Maeves Haus sich zu verändern. Die Wände, die einst fest und sicher gewesen waren, begannen zu atmen. Sie wölbten sich, als wären sie aus weichem, fleischigem Material. Maeve sprang aus ihrem Bett, doch der Boden unter ihren Füßen war nicht mehr fest. Er fühlte sich an wie der glitschige Bauch eines faulenden Tieres.

ΥΥ

Mit einem entsetzten Schrei bemerkte sie, dass ihr ganzes Haus, ihre Zuflucht, aus Kürbissen bestand. Ihre Wände, ihre Decke, ihr Boden – alles bestand aus den fleischigen, verfluchten Früchten. Sie versuchte zu fliehen, doch die Wände schlossen sich um sie, wie der Bauch eines gigantischen Monsters, das sie verschlingen wollte. Die Kürbisse quollen auf, die Fratzen an den Wänden verzogen sich zu grausamen Grimassen, und ihre Augenhöhlen glühten böse.

„Es gibt keinen Ausweg," hörte sie ein leises Wispern. Die Stimme klang wie Evangelines, und sie hallte durch den Raum, als käme sie von überall und nirgends zugleich. Maeve schrie, doch die Kürbisse gaben keinen Laut von sich, als sie sich über sie stülpten und ihre lebendige Haut in fauligen, süßlich riechenden Brei verwandelten.

Lorna, die letzte der Frauen, hatte alles beobachtet. Sie wusste, dass der Fluch kommen würde, und sie hatte sich in ihrem Haus verbarrikadiert, in der Hoffnung, dem Zorn zu entkommen. Aber in der Nacht von Samhain, als der Nebel dicker und schwerer war als jemals zuvor, begann es. Ein leises, stetiges Klopfen an ihrer Tür. Es war kein Sturm, kein Wind. Es war das Klopfen der Rache selbst.

Lorna öffnete die Tür, und da stand sie: Evangeline. Ihre Schönheit war längst verrottet, ihr einstiges strahlendes Antlitz war zu einem schrecklichen Alptraum aus Kürbisfleisch und verfallener Haut geworden. Ihr Kopf, ein gewaltiger, verfaulter Kürbis, aus dessen leeren Augenhöhlen ein kaltes Licht drang.

⅄Ⅵ

Ihre Lippen bewegten sich nicht, doch ihre Stimme hallte in Lornas Kopf.

„Deine Zeit ist gekommen."

Lorna fiel auf die Knie, weinend, flehend um Gnade, doch Evangeline sprach nicht weiter. Stattdessen begannen die Ranken aus dem Boden zu kriechen, lebendig und gierig, sie wickelten sich um Lornas Körper, um ihre Schultern, um ihren Hals. Der Boden öffnete sich, und Lorna wurde in die Erde gezogen, tiefer und tiefer, bis nur noch ihre Schreie durch den Nebel hallten. Die Ranken zogen sie hinab in die Dunkelheit, und mit ihr erstarb der Fluch, der über dem Dorf gelegen hatte.

Und so erfüllte sich Evangelines Fluch. Der letzte Atemzug, den Lorna tat, beendete das Leid, das Evangeline ertragen hatte. Die Kürbismaske zerfiel zu Staub, und mit ihr verschwand das dunkle, unsichtbare Gewicht, das über dem Dorf gelegen hatte.

Am Morgen war das Dorf leer und verlassen, die Türen standen offen, und die Stille legte sich über die Straßen wie ein schwerer, alter Nebel. Der Fluch hatte sich aufgelöst, Evangeline war verschwunden, ihre Seele hatte endlich Frieden gefunden. Doch einmal im Jahr, zu Samhain, würde man noch immer das leise Flüstern im Wind hören, eine Erinnerung an das Mädchen, das einst nur Frieden wollte, aber durch die Bosheit anderer zur Rache getrieben wurde.

LVII

Die fünf Geister im alten Wald

ANDREA PELLEGRINI

Es war der erste Herbst seit dem Umzug. Dunkle Wolken zogen träge über die kleine Stadt, die weit entfernt von allem lag, was Theo jemals gekannt hatte. Theo kickte einen Stein über den Schotterweg, während er neben Finn, seinem neuen Freund, herging. Die Schule hatte gerade erst wieder begonnen, und wie jeden Tag nach dem Unterricht schlugen sie den Pfad ein, der durch die engen Gassen führte und am Rand des alten Waldes endete.

„Was ist eigentlich auf der anderen Seite von dem Wald?", fragte Theo, den Blick auf die riesigen, knorrigen Bäume gerichtet, die sich wie eine düstere, leblose Mauer vor ihnen erhoben. Finn, der sein ganzes Leben in dieser Stadt verbracht hatte, musterte ihn von der Seite, als würde er überlegen, ob er ihm die Wahrheit anvertrauen konnte. Außerdem war er sich nicht sicher, ob dieser Junge aus der Großstadt das nötige 'Fell' für solch düstere Geschichten mitbrachte. Schließlich begann er mit gesenkter Stimme zu erzählen: „Man sagt, dort steht ein Schloss. Ein wunderschönes Schloss, aber niemand hat es je gesehen."

Theos Augen weiteten sich.

„Wieso nicht?"

„Weil da drinnen fünf Geister hausen", flüsterte Finn und sah sich um, als ob einer der Geister sie belauschen könnte. „Früher kamen Leute aus allen Ecken der Welt, um den Wald zu durchqueren und die Geister zu besiegen. Man sagt, wer es schafft, das Schloss am anderen Ende des Waldes zu finden, dem wird es gehören."

Theo lachte kurz auf, doch die Spannung in Finns Gesicht ließ ihn schnell wieder verstummen.

„Und … warum hat es nie jemand geschafft?"

„Weil die Geister nicht ohne sind. Jeder von ihnen trägt einen Namen, der für eine schreckliche Eigenschaft steht. Sie spielen mit dir und deinen größten Ängsten. Sie kennen dich, sobald du den Wald betrittst. Und je weiter du gehst, desto besser wissen sie, wie sie dich kriegen. Und vergiss nicht, keiner von denen, die den Mut hatten, den Wald zu betreten, ist je wieder zurückgekehrt. Es heißt, sie wären alle dem Wahn verfallen und irren jetzt als ruhelose Schatten zwischen den Bäumen umher."

„Aber wenn nie jemand zurückkehrte", wandte Theo ein und kickte einen weiteren Kieselstein über die Straße, „woher kommt dann diese Geschichte?"

Typisch Großstadtjunge!, dachte Finn, sprach es aber nicht aus.

Finns Worte ließen Theo dennoch nicht los. In der folgenden Nacht lag er wach in seinem neuen Zimmer und starrte an die Decke. Der Wind heulte draußen, und die Äste der Bäume schlugen gegen das Fenster.

Was, wenn das alles nur erfundene Geschichten waren? Vielleicht hatte niemand den Mut gehabt, den Wald bis zum Ende zu durchqueren, und sich aus Angst diese Geschichten ausgedacht. Was aber, wenn es wahr wäre?

Am nächsten Tag versuchte Theo, Finn zu überreden, mit ihm in den Wald zu gehen.

„Es ist nur eine Legende, Finn. Geister gibt es nicht wirklich. Also, was kann schon passieren?"

Widerstrebend willigte Finn ein. Ausgerüstet mit Rucksäcken, die nach alter Pfadfindermanier gefüllt waren, machten sie sich am späten Nachmittag auf den Weg. Je weiter sie in den Wald eindrangen, desto dichter und höher wuchsen die Bäume. Der Himmel war kaum noch zu sehen, und die feuchte Luft hing schwer zwischen den Stämmen. „Es ist wirklich stickig hier", murmelte Theo, doch Finn antwortete nicht. Sein Gesicht war blass, und er schaute nervös immer wieder um sich. Irgendwann begann Theo, Schritte hinter ihnen zu hören. „Hast du das gehört?"

Finn nickte stumm.

„Es sind die Geister, oder?", fragte Theo.

„Ich hoffe nicht", flüsterte Finn zurück.

Plötzlich verstummte die Welt um sie herum. Kein Wind, keine Vögel, nicht einmal das Rascheln der Blätter. Nur die Stille – bedrückend und unnatürlich. Sie blieben stehen.

„Da vorne!", flüsterte Finn und zeigte auf eine Gestalt, die sich aus den Schatten löste.

VLI

Der erste Geist.

„Timor", hauchte Finn. „Der Geist der Angst."

Seine Gestalt war schwarz, gesichtslos, und aus ihm strömte eine Welle purer Furcht, die Theo bis ins Mark erschütterte. Der Junge spürte, wie sein Herz schneller schlug. Sein Kopf war leer, gefüllt nur mit Bildern seiner tiefsten Ängste: Dunkelheit, Einsamkeit, der Verlust seiner Familie, seiner Freunde, seines Zuhauses.

„Ich weiß, wovor du dich fürchtest, Theo", sagte der Geist mit einer Stimme, die direkt in Theos Kopf drang. „Du kannst mir nicht entkommen."

„Ich … ich hab keine Angst", stammelte Theo, aber seine Beine fühlten sich an wie Blei. Timor der Geist schwebte näher, hauchte unverständliche mystische Worte, die zwischen seinen Ohren zu hallen begannen. Wie eine unsichtbare Macht durchdrangen sie Theos Gedanken und zogen seine tiefsten Ängste hervor. Doch Theo erinnerte sich an etwas, das sein Vater ihm beigebracht hatte: *„Angst hat nur so viel Macht, wie du ihr gibst. Also überleg dir gut, welchen Wolf in dir du fütterst."*

Er holte tief Luft, schloss die Augen und rief sich diesen Satz ins Gedächtnis. „Ich werde nicht weglaufen. Ich gebe der Angst keine Macht", murmelte er.

Als er die Augen wieder öffnete, war der Geist verschwunden. Die beiden Jungen atmeten auf.

Die Bäume wurden dichter, der Pfad dunkler, als Theo und Finn immer tiefer in den Wald vordrangen. Ihre Taschenlampen warfen lange, tanzende Schatten auf den unebenen Boden, während das Rascheln des Unterholzes sie unruhig machte. Plötzlich blieb Finn stehen. „Siehst du das da vorne?", flüsterte er und deutete auf einen Nebelschwaden, der sich auf einmal vor ihnen ausbreitete. Es war, als ob der Wald selbst ihnen den Weg versperren wollte.

Theo nickte. „Es fühlt sich an, als würden wir beobachtet."

Aus dem Nebel heraus erschien eine schattenhafte Gestalt, hochgewachsen und hager, mit tiefgrün glühenden Augen. Die Luft um sie herum wurde noch stickiger, und das Wispern des Waldes verstummte ein weiteres Mal. Mit einer leisen, unheilvollen Stimme sprach der Geist:

„Ich bin Invidia, ich weiß, was ihr ersehnt. Ich kenne eure tiefsten Wünsche und unerfüllten Träume – all das, was andere haben und ihr nicht."

Theo spürte, wie sein Herz schneller schlug, als eine eisige Kälte und ein Verlangen ihn innerlich ergriff. Vor seinem geistigen Auge blitzten vergessene Erinnerungen auf – Wünsche, die nie erfüllt wurden, und Träume, die vielleicht für immer unerreichbar bleiben würden … oder doch nicht? Sein Verlangen wuchs zu einer beinahe unbändigen Größe an.

Der Geist Invidia glitt nun auf Finn zu und flüsterte ihm etwas ins Ohr, das Theo nicht hören konnte. Plötzlich begann sich Finns Gesicht zu verkrampfen, sein Blick wurde starr und leer. Es war, als wären ihm all seine Träume entrissen worden, und seine Augen, kalt und leblos, starrten regungslos an Theo vorbei.

„Finn!", schrie Theo, als er die Kontrolle über seine Gefühle zurückerlangte. Ohne zu zögern, stürmte er auf den Geist zu, doch Invidia wich geschickt aus und lachte höhnisch. Panik ergriff ihn. Er wusste, dass er handeln musste, sonst würde er Finn für immer verlieren. In seiner Verzweiflung griff er nach einem knorrigen Ast, der halb im Laub verborgen lag, und schwang ihn mit aller Kraft auf die Gestalt. Der Ast fuhr mit einem dumpfen Knacken durch den Nebelkörper, der daraufhin begann, sich langsam aufzulösen – wie Rauch, der vom Wind verweht wird.

„Lauf!", brüllte Theo, bevor er Finn eine schallende Ohrfeige verpasste, die durch die unheimliche Stille hallte. Finn schüttelte benommen den Kopf, als er wieder zu sich kam. Ohne ein weiteres Wort zu verlieren, rannten sie beide los, tiefer in den düsteren, trostlosen Wald hinein. Hinter ihnen schienen Invidias glühende Augen im Nebel zu verschwinden – doch das unheilvolle Lachen lag immer noch in der Luft.

Nach einer gefühlten Ewigkeit des panischen Laufens erreichten die beiden Jungen keuchend eine Lichtung. Theo trat aus dem Wald hinaus ins fahle Licht. Um ihn herum begannen winzige, leuchtende Punkte langsam vom Boden aufzusteigen, wie Glühwürmchen, die der Lichtung eine trügerische, beinahe magische Ruhe verliehen.

„Irrlichter", murmelte Finn mit flüsternder Stimme. „Davon habe ich gehört … hier stimmt etwas nicht, Theo! Wir sollten …"

Doch bevor Finn seinen Satz beenden konnte, fror die Luft ein. Die Lichtung verdunkelte sich wie unter einem schweren, dunklen Schleier. Auch die Irrlichter erloschen, als wären sie nie dagewesen, bloße Täuschungen, die in der Finsternis vergingen. Die Bäume ringsherum wuchsen plötzlich auf beunruhigende Weise über die Lichtung hinaus, ihre Äste verdrehten sich, verschlangen den letzten Rest Licht und warfen gnadenlos ihre düsteren und unheilvolle Schatten über die Jungen. Plötzlich spürten sie ein tiefes Grollen unter ihren Füßen. Der Boden vibrierte, und dann brach etwas Großes durch das Dickicht. Eine gewaltige, breitschultrige Gestalt mit glühend roten Augen trat wiederum aus den Schatten hervor. Bei jeder Bewegung schlugen Funken von ihren massiven Fäusten.

„Ira ...", keuchte Finn, während seine Augen plötzlich von einem unbändigen Feuer erfasst wurden. „Der Zornentfacher." Theo beobachtete entsetzt, wie sich Finns Gesicht vor Wut verzerrte. Ira, der mächtige Geist des Zorns, lachte dröhnend. Sein tiefes, unheilvolles Lachen vibrierte durch den Wald.

„Ja! Lass deinen Zorn frei, Junge! Lass ihn brennen! Zorn ist deine größte Macht!"

Finns Fäuste ballten sich, und er begann, auf Theo zuzugehen, die Wut hatte ihn vollständig ergriffen.

„Finn! Nein!", schrie Theo verzweifelt, während er zurückwich. Der Boden unter seinen Füßen schien sich mit jeder Bewegung zu verfestigen, als wolle er ihn tiefer in den Wald ziehen.

„Hör auf, ich bin es doch!", rief er, aber Finn schien ihn kaum zu hören. Seine Fäuste schlugen auf Theo ein und hinterließen schmerzhafte Stellen dort, wo ihn Theo nicht abwehren konnte. Ira, der Geist brüllte triumphierend, seine flammenden Fäuste schossen Funken in die Luft. Theo konnte sich hinter einen Baum retten und da fiel ihm glücklicherweise sein Rucksack ein – die Wasserflasche! Schnell riss er die Flasche heraus und bevor ihn Finn für weitere Fausthiebe erwischen konnte, spritzte Theo das Wasser direkt auf den wütenden Geist. Das Wasser zischte, als es Ira traf, seine flammenden Augen erloschen und sein mächtiger Körper begann zu vibrieren.

„Nein!", brüllte der Geist, doch sein Zorn schwächte sich mit jedem Tropfen ab. Der Rauch, der ihn umgab, löste sich auf, und Iras Gestalt begann zu schrumpfen, bis nur noch ein dünner Nebel übrig blieb, der sich im Dickicht des Waldes verlor. Wie gekommen, so zerronnen.

Finn, der plötzlich wie aus einem bösen Traum erwachte, blinzelte verwirrt.

„Was … was ist passiert?"

„Das erzähle ich dir später, aber jetzt müssen wir hier weg!", rief Theo atemlos. Ohne eine Sekunde zu zögern, rannten die beiden weiter – immer tiefer in den Wald, weiter ins Ungewisse, ohne jegliche Orientierung. Der Wald schien sich um sie herumzuschließen, und keine Rast war ihnen vergönnt. Jeder Schritt fühlte sich schwerer an.

VI

Der nächste Geist erschien lautlos: eine düstere, schemenhafte und hagere Gestalt. „Das muss Umbra, der Schattengeborene, sein", flüsterte Finn seinem Freund mit müder, kraftloser Stimme zu.

„An mir kommt ihr nicht vorbei", raunte der Geist. Seine Stimme klang, als käme sie von überall und nirgends zugleich. Umbra verschmolz mit den Schatten der umliegenden Bäume und wurde zu einer fließenden Dunkelheit, die sich wie eine schwarze Welle um die beiden Jungen legte. Theo und Finn drehten sich hektisch herum, doch die Gestalt war überall und nirgends, lauernd und bedrohlich. Der Schatten bewegte sich wie eine hungrige Schlange, glitt durch das Laub und umschlang ihre Füße. Theo spürte, wie die Dunkelheit nicht nur an seinen Füßen, sondern auch an seinem Verstand zerrte. Seine Gedanken wurden träge, sein Herzschlag langsamer, als ob Umbra ihm das Leben selbst rauben wollte. Finn stand wie erstarrt vor Angst, seine Augen weit aufgerissen, während sich seine Pupillen hektisch in alle Richtungen drehten, auf der verzweifelten Suche nach dem unsichtbaren Feind. Die Welt schien zu verschwimmen, als Umbra versuchte, sie beide in die ewige Nacht des Waldes zu reißen.

Panik drohte Theo zu überwältigen, als ihm plötzlich etwas einfiel – die Taschenlampe in seinem Rucksack! Seine Hände zitterten, als er sie hervorholte und den Lichtstrahl direkt auf all die Schatten rundherum richtete. Ein ohrenbetäubendes Zischen durchbrach die Stille des Waldes. Der Schattengeborene schrie auf, ein unmenschlicher, durchdringender Laut, der die

Luft zerriss. Seine Form zerbrach, als ob das Licht ihn zersplitterte, und er zog sich, zischend und klirrend, in die Dunkelheit zurück, die ihn einst geschützt hatte. Doch seine Präsenz war immer noch spürbar – lauernd, wie ein Raubtier, das im Schutz der Nacht auf seine Chance wartete.

„Lass uns verschwinden, bevor er zurückkommt", flüsterte Theo, die Taschenlampe fest umklammert, während die beiden Freunde sich wieder auf den Weg machten, die Dunkelheit immer noch dicht hinter ihnen und vor ihnen.

Sie waren fast am Ende ihrer Kräfte, als der fünfte und letzte Geist erschien: Mortis. Sein Anblick war die Verkörperung reiner Verzweiflung. Ein schemenhafter Umriss, der wie eine trostlose Erinnerung an einen einstigen Menschen wirkte. Und sein Blick – leer, kalt und ohne jeden Funken Leben – raubte den beiden Jungen jeden letzten Hoffnungsschimmer. Selbst dieser düstere Wald hielt den Atem an. Es war, als ob dieser letzte Geist jeden Rest von Freude und Licht aus der Welt gesogen hatte.

„Euer Weg endet hier", sprach Mortis, und seine Stimme schnitt durch die stickige Luft des Waldes wie das scharfe Surren einer Kreissäge. „Keiner entkommt mir."

Mit einem Mal schoss Mortis vor und griff nach Finn, seine knochigen Finger umschlangen den Jungen mit einer solchen Kälte, dass selbst die Luft gefror. Finn stieß einen entsetzten Schrei aus, der abrupt verstummte, als Mortis ihn mit sich in die Dunkelheit riss. Wie ein schwarzes Loch verschlang es ihn, und Finn verschwand, als hätte er nie existiert. Theo schrie nach ihm, doch da war nur noch die erdrückende Stille des Waldes. Die ewig dunkle, schwarze Nacht. Tränen stiegen ihm in die Augen und für einen kurzen Moment fühlte er sich verloren und allein. Doch er wusste, dass er nicht aufgeben durfte. Nicht jetzt. Nicht hier. Nicht, wenn sein Freund in Gefahr war.

„Es kommt nur darauf an, welchen Wolf in dir du fütterst – den, der Angst und Furcht erzeugt oder den, der dir Mut und Stärke verleiht."

Plötzlich spürte er einen warmen Luftzug und sah, wie ein schwaches Licht durch die Bäume schimmerte. Ein Flüstern der Hoffnung, das sich durch die Dunkelheit kämpfte. Theo konnte nicht anders, als sich dem Licht zuzuwenden, es zog ihn magisch an. Das Licht strahlte heller, je näher er kam, und mit jedem Schritt fühlte er, wie die Last der Angst von seinen Schultern fiel und Mut ihn ihm aufstieg. Es wurde wärmer, und ein intensiver Geruch von Moos, alten Steinen und feuchten Mauern drang ihm in die Nase. Sein Herzschlag beschleunigte sich, als er den Blick hob.

Da war es. Endlich. Das Schloss. Majestätisch und zugleich unheimlich, tauchte es aus dem blendenden Licht auf, als hätte es schon immer dort gestanden, versteckt vor den Augen der Sterblichen. Jede Säule, jedes Fenster schien ihn zu beobachten, als ob das Gebäude leben und atmen würde, als ob es auf ihn gewartet hätte.

VLIX

„Finn muss hier irgendwo sein", murmelte Theo und zögerte keinen Moment. Er griff nach dem Messinggriff der gewaltigen Eingangstür und drückte sie mit einem Quietschen auf. Sie wehrte sich nicht, sondern ließ sich überraschend leicht öffnen, als würde sie ihn willkommen heißen. Der riesige Eingangsbereich des Schlosses war leer. Kein Geräusch, keine Bewegung. Nur eine allgegenwärtige Leere, die den Jungen förmlich verschluckte.

„Finn!", rief Theo, seine Stimme hallte von den hohen Wänden wider. „Finn, wo bist du?" Stille.

Er machte ein paar Schritte vorwärts, als er plötzlich ein leises Kichern hörte. Es war nicht das Lachen eines Kindes, sondern ein bösartiges, kriechendes Geräusch, das ihm Gänsehaut verursachte. Eine Tür am Ende des Saals öffnete sich wie von Geisterhand.

„Das ist eine Falle", flüsterte Theo zu sich selbst, doch er wusste, dass er keine Wahl hatte. Wenn Finn irgendwo hier war, musste er ihm helfen. Also setzte er einen Fuß vor den anderen, das Herz schlug ihm bis zum Hals. Hinter der Tür erstreckte sich ein langer, finsterer Korridor. Der Boden war aus kaltem Stein, und das schwache Licht, das durch ein zerbrochenes Fenster fiel, ließ gespenstische Schatten tanzen. Theo folgte dem Gang, bis er schließlich auf eine Wendeltreppe stieß, die in den Keller zu führen schien. Zögernd stieg er die Stufen hinunter. Unten angekommen, befand er sich in einem düsteren Raum, der nur schwach von einer flackernden Kerze beleuchtet wurde. In der Mitte des Raums stand ein steinerner Altar, und darauf lag …

„Finn!", rief Theo erleichtert, als er die Silhouette seines Freundes erkannte. Finn lag bewusstlos da auf dem Opferstein, umgeben von seltsamen Zeichen, die in den Stein geritzt waren. Doch bevor Theo einen Schritt näherkommen konnte, trat eine Gestalt aus dem Schatten hervor. Es war Mortis.

„Du hast es weit gebracht", sagte Mortis kalt, emotionslos. „Aber dies ist das Ende deines Weges."

Theo spürte die Kälte in seinen Knochen, als Mortis sich ihm näherte.

„Was willst du von mir und meinem Freund?", fragte er, seine Stimme brüchig.

„Das Schloss", antwortete Mortis. „Das Schloss – es braucht Leben. Eure Leben."

Theos Blick wanderte zu Finn, der immer noch regungslos da lag.

„Nicht ohne Kampf", sprach Theo entschlossen und griff nach einem zerbrochenen Stuhl, der in der Nähe lag. Mortis lächelte, doch es war ein Lächeln ohne Freude. „Versuch es!"

Der Kampf, der daraufhin entbrannte, war hart und gnadenlos. Mit all seiner verbleibenden Kraft schleuderte Theo den Stuhl gegen die schemenhafte Gestalt von Mortis, doch seine Schläge wirkten, als würden sie durch Nebel gleiten. Kein Treffer fand sein Ziel. Der Geist bewegte sich mit einer Schnelligkeit und Eleganz, die nicht menschlich war. Gerade als es schien, als würde der Geist zum finalen Schlag ausholen, passierte etwas Unerwartetes. Finn begann sich auf dem Altar zu bewegen. Langsam setzte er sich auf und öffnete die Augen. Doch diese glühten in einem unnatürlichen Licht.

„Finn?", keuchte Theo überrascht und zutiefst erschrocken zugleich.

Doch es war nicht mehr Finn. Mortis hatte sich seines Körpers bemächtigt. Die Gestalt sah aus wie Finn, nur mit bösartigen Gesichtszügen, und veränderte sich ständig – mal wuchs sie zu einer riesigen, verzerrten Version von Finn heran, mal schrumpfte sie zu einer winzigen, aber immer blieb sie schattenhaft. Theo fühlte, wie der eisige Atem von Finn-Mortis ihm den Nacken hinab strich, als sich dessen kalten Finger um seine Kehle schlossen. Die Welt um ihn begann sich zu verengen. Finn war kein Freund mehr, er war das leibhaftige Grauen. Seine Augen leuchteten in einem unnatürlichen Rot, während sich seine Gesichtszüge in eine Fratze des Hasses verzogen. Theo spürte den Druck an seiner Kehle stärker werden, und das unheimliche Lächeln von Finn-Mortis schien ihm alle Hoffnung zu rauben.

„Gib auf, Theo", zischte Finn-Mortis, seine Stimme wie das Flüstern von tausend verlorenen Seelen. „Du wirst mich nicht besiegen. Ich bin der Tod, die Furcht, die dich von innen zerfrisst."

Theo keuchte, versuchte, sich zu befreien, aber seine Hände griffen ins Leere. Es gab keinen Ausweg. Finn-Mortis war übermächtig. Doch ein Funke in ihm weigerte sich, aufzugeben – *„Füttere den richtigen Wolf"* – nein, er durfte nicht aufgeben. Nicht hier, nicht gegen das Monster, das einmal sein Freund gewesen war.

Plötzlich war da ein Flimmern – ein Augenblick der Stille, in dem sich die Welt um Theo zu drehen schien. Das unheimliche Lachen von Finn-Mortis verklang, die Dunkelheit wich, und plötzlich …

„Theo! Hey, schlaf nicht schon wieder ein!"

Theo schreckte hoch, das Herz noch immer wild klopfend, als die vertraute Stimme seines Vaters den Raum durchdrang. Er blinzelte verwirrt. Der kalte Druck um seine Kehle war verschwunden, ebenso wie die düsteren Schatten des Waldes.

„Was … was ist denn los?", murmelte Theo, noch immer gefangen in den Resten des Alptraums.

Sein Vater stand über ihm, schmunzelnd, und reichte ihm die Hand.

„Du bist wohl noch mal eingedöst. Finn wartet schon unten auf dich. Heute ist Halloween, erinnerst du dich? Ihr wolltet verkleidet zur Schule gehen und danach …"

„Den düsteren alten Wald erkunden", vollendete Theo mechanisch die Worte seines Vaters, als die Realität langsam zurückkehrte. Sein Blick fiel auf das Bett, auf die zerwühlten Decken, und schließlich auf seinen Rucksack, der bereits für das Abenteuer gepackt neben der Tür stand.

Es war alles nur ein Traum gewesen. Finn war nicht verschwunden, keine schrecklichen Geister waren hinter ihnen her. Aber die Erinnerung an den Traum, an das Grauen, das Finn-Mortis in ihm geweckt hatte, saß tief. Theo konnte das mulmige Gefühl nicht abschütteln, dass die Idee, heute den Wald zu erkunden, doch keine so gute war …

VII III

Nur eine Puppe

INGO SCHLEMMER

Hinter einer staubigen Scheibe, verborgen zwischen vergessenen Möbelstücken und zerknitterten Gemälden, lag sie: die Puppe. Ein seltsames, fast verstörendes Ding mit tiefen, dunklen Augen und einem Mund, der in einer ewigen, halb verschlossenen Haltung verweilte, als hätte er gerade ein Geheimnis geflüstert. Albrecht Müller, ein Mann von sechzig Jahren, der nie viel für Schnickschnack übrig gehabt hatte, hätte normalerweise nicht einmal einen Blick auf solch einen Gegenstand verschwendet. Doch an diesem regnerischen Nachmittag zog es ihn magisch in diesen düsteren Laden.

Der Antiquitätenladen befand sich in einer Gasse, die so eng und verwinkelt war, dass Albrecht sich fragte, wie er überhaupt hierhergekommen war. Der Regen hatte ihn auf seinem Spaziergang überrascht, und er hatte Zuflucht unter dem alten Vordach des Ladens gesucht. Dort, inmitten der Schatten und dem Geruch von Moder und Alter, fiel ihm die Puppe auf.

„Suchen Sie etwas Bestimmtes?" Eine raue, heisere Stimme ließ Albrecht zusammenzucken. Der Ladenbesitzer, ein schmaler Mann mit wässrigen Augen und einem ungepflegten Bart, stand plötzlich neben ihm.

Er hatte sich fast lautlos genähert, und seine Augen folgten Albrechts Blick zu der Puppe.

„Die Puppe?" fragte Albrecht zögernd. Er selbst wusste nicht genau, warum er sich überhaupt dafür interessierte.

Der Ladenbesitzer nickte langsam, als würde er bereits wissen, wie das Gespräch verlaufen würde.

„Eine besondere Puppe", sagte er leise und legte eine Hand auf die verglaste Vitrine, als wolle er das Objekt beruhigen. „Sie ist sehr alt. Und sehr empfindlich."

Albrecht spürte eine seltsame Anziehungskraft. Die Puppe sah aus, als könnte sie jeden Moment aufwachen, als würde sie ihn schon beobachten. Ihre Augen, die aus glattem Glas gefertigt schienen, schienen eine seltsame Tiefe zu haben.

„Was meinen Sie mit empfindlich?" fragte er, und seine Stimme klang ein wenig zu aufgeregt.

Der Ladenbesitzer lächelte nicht, sondern sprach mit ernster Miene weiter. „Sie ist mehr als nur ein Spielzeug. Sie... verlangt besondere Pflege. Ihre Besitzer haben das oft nicht verstanden."

Albrecht schnaubte. „Pflege? Es ist doch nur eine Puppe!"

„Nur eine Puppe", wiederholte der Mann und zuckte mit den Schultern. „Wie Sie meinen."

Albrecht hätte es bei diesem seltsamen, vagen Gespräch belassen können. Er hätte einfach den Laden verlassen sollen, aber etwas hielt ihn zurück. Er wusste nicht genau, warum er das tat, doch er kaufte die Puppe. Der Preis war absurd niedrig für solch ein antikes Stück, und der Ladenbesitzer schien es kaum erwarten zu können, sie loszuwerden. Albrecht trug sie vorsichtig nach Hause, ohne genau zu wissen, warum.

Sein Haus war eine kleine, düstere Wohnung in einem alten Mehrfamilienhaus. Die Möbel waren alt, der Teppich abgenutzt, und die Luft roch nach abgestandenem Tabak. Albrecht hatte nie viel Wert auf Gesellschaft gelegt. Seine Frau war vor einigen Jahren gestorben, und seine Kinder lebten weit weg. Er hatte sich in seine kleine Welt zurückgezogen, in der die Zeit fast stillzustehen schien.

Er stellte die Puppe auf das Regal in seinem Wohnzimmer, wo sie zwischen alten Büchern und verstaubten Fotos Platz fand. Einen Moment lang betrachtete er sie schweigend. Die Puppe sah seltsam fehl am Platz aus, aber sie schien gleichzeitig perfekt in die düstere Atmosphäre des Raumes zu passen. Ihre Augen schienen ihm zu folgen, egal wo er stand.

In den ersten Nächten dachte Albrecht wenig an sie. Sie stand einfach da, reglos und still, wie es sich für eine Puppe gehörte. Doch bald begannen die seltsamen Dinge.

Es begann subtil. Albrecht bemerkte, dass die Puppe am Morgen nicht immer genau dort stand, wo er sie abends abgestellt hatte. Einmal hatte sie sich ein wenig zur Seite geneigt, ein anderes Mal schien ihr Kopf leicht gedreht zu sein. Albrecht schüttelte diese Beobachtungen ab. Wahrscheinlich hatte er es nur nicht bemerkt, oder es war ein Luftzug gewesen, der sie verschoben hatte.

ⅦⅦ

Aber dann wurde es unheimlicher.

Eines Nachts erwachte er aus einem unruhigen Schlaf und hörte ein leises Kratzen. Es war ein Geräusch, das sich durch die Stille der Nacht zog, als ob kleine Finger über Holz kratzten. Albrecht setzte sich im Bett auf, sein Herz pochte schnell. Das Geräusch kam aus dem Wohnzimmer.

Er stand auf, ging durch den dunklen Flur und spähte ins Wohnzimmer. Da war nichts. Nur das Mondlicht, das durch die Fenster fiel, und der leise Wind draußen. Die Puppe stand auf ihrem Regal, still und stumm wie immer. Er lächelte erschöpft über sich selbst. Wahrscheinlich hatte er geträumt.

Doch das Kratzen hörte nicht auf.

In den folgenden Nächten wurde es lauter, eindringlicher. Albrecht begann, an seiner Vernunft zu zweifeln. Die Puppe schien ihm näherzukommen. Einmal, als er mitten in der Nacht aufwachte, fand er sie auf einem Stuhl neben seinem Bett. Er starrte sie an, unfähig, sich zu bewegen. Wie war sie dorthin gekommen? Er konnte sich nicht erinnern, sie umgestellt zu haben.

„Unsinn", flüsterte er sich selbst zu, doch seine Stimme klang schwach und wenig überzeugend.

Die Situation eskalierte, als er eines Morgens die Puppe direkt in seinem Bett fand. Sie lag neben ihm auf dem Kissen, ihre glasigen Augen starrten ihn an, und ihr Mund schien leicht geöffnet zu sein. Albrecht sprang aus dem Bett und starrte sie entsetzt an.

„Das reicht!" rief er laut, seine Stimme hallte durch die leere Wohnung. Er packte die Puppe und warf sie in eine Kiste, die er fest verschloss. Doch selbst in dieser Kiste konnte er nicht verhindern, dass er nachts das leise, unheimliche Kratzen hörte.

Albrecht wurde immer besessener. Er wusste, dass er die Puppe loswerden musste. Also packte er sie eines Morgens und fuhr mit ihr in die Stadt, um sie wegzuwerfen. Er ließ sie auf einer Parkbank liegen und ging schnell davon, ohne zurückzublicken. Er dachte, das Problem sei gelöst.

Doch als er am nächsten Morgen aufwachte, saß sie wieder da, auf ihrem Regal, so als wäre sie nie weg gewesen. Albrechts Herz setzte einen Schlag aus, und eine kalte Schauer kroch ihm den Rücken hinunter. Wie konnte das sein? Wie war sie zurückgekommen?

In den darauffolgenden Tagen versuchte er alles, um sie loszuwerden. Er warf sie in Mülltonnen, vergrub sie im Wald, doch sie kehrte immer wieder zurück. Es war, als hätte sie ihren eigenen Willen, als hätte sie sich an ihn gebunden.

Albrecht begann, sich in seiner eigenen Wohnung unwohl zu fühlen. Die Puppe war immer da, immer in seiner Nähe. Es schien fast, als würde sie darauf warten, dass etwas geschah. Doch was?

Schließlich wurde ihm klar, dass die Puppe mehr wollte, als nur zurückzukommen. Sie war nicht nur ein Spielzeug. Sie hatte einen Zweck.

Eines Nachts, als er erschöpft auf dem Sofa lag, sah er es. Die Puppe bewegte sich. Zuerst war es nur eine kleine Bewegung, ein leichtes Zucken ihres Arms. Dann drehte sie langsam den Kopf zu ihm. Ihre

Augen, die ihn so lange stumm angestarrt hatten, blinkten.

„Nein", flüsterte Albrecht, „das ist nicht möglich."

Doch die Puppe stand auf. Sie bewegte sich langsam auf ihn zu, ihre kleinen Glieder knarrten, als wären sie seit Jahrhunderten nicht benutzt worden. Albrecht wollte sich bewegen, weglaufen, aber er war wie gelähmt.

Die Puppe kletterte auf ihn, setzte sich auf seine Brust und beugte sich vor. Ihre kleinen, kalten Hände legten sich um seinen Hals.

„Ich brauche einen Körper", flüsterte sie mit einer Stimme, die aus der Tiefe der Zeit zu kommen schien. „Und du wirst ihn mir geben."

Albrecht schrie, doch niemand hörte ihn. Die Puppe hatte gewonnen.

Am nächsten Morgen fand man ihn tot in seiner Wohnung. Sein Gesicht war seltsam leer, als ob die Seele selbst aus ihm herausgesaugt worden wäre. Auf dem Regal saß die Puppe – still, reglos, und doch lebendig in einer Art, die niemand verstehen konnte.

Und sie wartete. Wartete auf den nächsten, der töricht genug war, sie mitzunehmen.

Verschwunden

Der Wald hat auf dich gewartet

MAIKE JOHNKE

Der Wald am Rand von Neustadt ist seit jeher tabu für uns Kinder. Zeit meines ach so kurzen Lebens habe ich immer gehört: „Geh da nicht rein, darin spukt es. Besonders an Halloween!" Natürlich hat uns Kinder das erst recht neugierig gemacht. Es hat sich über die Jahre hinweg eine Art Mutprobe ergeben. Diese bestand einzig und allein darin, an Halloween nachts mindestens eine Stunde im dunklen Wald herumzulaufen. Eine Taschenlampe durfte mitgenommen werden, damit man nicht hinfiel oder in eine Dornenhecke lief. Ein Gespenst gesehen hat dabei allerdings noch niemand.

Heute war ich an der Reihe, meine Mutprobe abzulegen. Ich hatte vor kurzem meinen zwölften Geburtstag gefeiert, und heute war Halloween. Jetzt war ich alt genug für das Ritual, um bei den Großen aufgenommen zu werden. Mein älterer Bruder Joshi hatte das Ritual bereits vor zwei Jahren hinter sich gebracht und dabei auch keinen Geist gesehen. „Alles ein

Ammenmärchen!", hatte er getönt und sich dabei unglaublich wichtiggetan.

Die älteren Jungen aus unserer Gruppe begleiteten mich bis zum Waldrand, wo der breite Waldweg direkt schnurgerade in den dunklen Forst führte. Sie erklärten mir den Weg: etwa achthundert Meter geradeaus, dann rechts abbiegen, dann etwa fünfhundert Meter geradeaus und wieder rechts abbiegen. Dieselbe Strecke führte dann in einem Rundweg zurück. Es war ganz einfach, wenn man auf dem Weg blieb und auf den unebenen Boden achtete.

Ich packte mein Asthmaspray fester und nahm noch einmal einen ordentlichen Zug. „Wäre doch gelacht, wenn ich das nicht hinbekommen würde." Nachdem ich das Spray wieder in meiner Hosentasche verstaut hatte, schaltete ich meine Taschenlampe ein und ging nach einem letzten High Five an alle los. Der Waldweg lag dunkel vor mir, und es war angenehm ruhig zwischen den Bäumen. Die Straße war nur noch als dumpfes Rauschen zu hören, und der Wind raschelte leise zwischen den Bäumen. Nach den ersten paar hundert Metern entspannte ich mich. Hier war absolut nichts Gruseliges zu entdecken; der Spaziergang hatte eher eine meditative Wirkung auf mich.

Mit der Taschenlampe leuchtete ich mir den Weg aus und suchte die erste Abzweigung. Laut meinem Schrittzähler hatte ich die ersten fünfhundert Meter erreicht, doch da war keine Kreuzung. Es ging nur immer weiter schnurgerade nach Norden, tief in das Innere des Waldes hinein. Ich drehte mich um, doch hinter mir lag nur stockfinsteres Nichts.

VIII III

„Haben sich meine Kumpels mit ihrer Distanzeinschätzung geirrt und die Kreuzung ist viel weiter weg als gedacht?", überlegte ich beunruhigt und ging weiter, um in Bewegung zu bleiben. Die Luft hatte sich deutlich abgekühlt und strich feucht über mein Gesicht und die Haare. Jetzt war ich froh, doch noch eine Jacke über meinen Hoodie gezogen zu haben. Trotzdem konnte ich nicht verhindern, dass die Kälte in meine Sneaker und unter meine Jeans kroch.

Plötzlich knackte und raschelte es laut neben mir im Unterholz. Erschrocken ließ ich die Taschenlampe fallen und sprang ein paar Schritte zur Seite, direkt ins Dunkle hinein. Meine Füße traten auf einmal ins Leere, und ich verlor den Halt. Während ich fiel, sah ich aus dem Augenwinkel etwas, das verdächtig wie ein Kaninchen aussah, aus dem Gebüsch hoppeln. Die Taschenlampe beleuchtete das Tier vom Boden aus und ließ es einen unförmigen Schatten werfen.

Ich schlug hart auf dem Boden auf und kullerte einen kleinen Abhang hinunter, bevor mich ein Baumstamm unsanft stoppte. Mir schwanden kurz die Sinne, und ich rang nach Luft. Ich spürte eine kleine Platzwunde an meinem Hinterkopf. Mein Kopf war wohl heftiger gegen den Stamm geprallt, als ich erwartet hatte.

Mühsam rappelte ich mich auf und setzte mich, an den Baumstamm gelehnt, hin. Ich angelte nach meinem Asthmaspray, doch es war nicht da. „Verdammt", fluchte ich, „das ist mir bestimmt aus der Tasche gefallen. Im Dunkeln finde ich das nie wieder." Ärgerlich schlug ich mit der Hand auf den Boden.

Dabei fiel mir auf, dass ich das Spray im Moment gar nicht brauchte. Ich hatte es aus reiner Gewohnheit gesucht. Meine Atmung war erstaunlich frei und tief.

Plötzlich tauchte ein Junge vor mir auf, und ich fuhr erschrocken zusammen. Trotz der Dunkelheit konnte ich ihn klar und deutlich vor mir sehen. Er war ungefähr in meinem Alter und trug altmodische Hosen und ein hochgeschlossenes, weißes Hemd. „Armer Kerl", dachte ich mir, „der hat bestimmt Spießer-Eltern, die ihm nichts erlauben." Ich sah mich suchend nach weiteren Kindern um, aber er war allein hier.

„Du hattest einen heftigen Sturz. Ich hoffe, dir geht es gut. Kann ich dir helfen? Ich bin übrigens Alfred", plapperte der Junge aufgeregt drauflos und streckte mir die Hand entgegen.

„Hi Alfred, ich bin Finn. Ja, echt krass, noch mal Glück gehabt. Es ist noch alles dran", antwortete ich und ergriff Alfreds Hand. „Komischer Name für sein Alter", überlegte ich, als er mich auf die Beine hochzog.

„Das Kaninchen hat mir einen Riesen-Schrecken eingejagt, als es aus dem Busch rausgeschossen kam. Hast du das gesehen?", fragte ich ihn und wedelte mit der Hand in die entsprechende Richtung. Wir arbeiteten uns vorsichtig den Hang wieder nach oben, um zurück auf den Weg zu kommen.

„Du kannst froh sein, dass es nur ein Kaninchen war", antwortete Alfred besorgt. „Hier laufen alle möglichen Untiere herum, die nichts Gutes im Schilde führen!"

VIII V

„Ach komm, das mit den Gespenstern ist doch ein Märchen, um kleine Kinder zu erschrecken. Du bist doch bestimmt auch hier wegen der Mutprobe, oder etwa nicht? Niemand hat bisher etwas von den Gespenstern gesehen." Ich versuchte, cool zu klingen, doch es gelang mir nicht so recht, das Zittern aus meiner Stimme zu verbergen.

Alfred sah mich stirnrunzelnd an. „Was denn für eine Mutprobe? Ich bin in den Wald gegangen, um für meine Eltern Feuerholz zu holen. Meine Eltern haben immer betont, dass der Wald böse ist und ich an den Feldern nach Holz suchen soll, doch mir war der Weg zu weit. Hier gibt es Holz ohne Ende. Ich werde ihnen das Holz später noch bringen."

„Na, die Mutprobe, um zu den Großen zu gehören. Du drehst im Dunkeln eine Runde durch den Wald, wenn du zwölf Jahre alt geworden bist, und dann bist du dabei. Ein Kinderspiel."

Ich machte eine wegwerfende Handbewegung, dann bückte ich mich, um die Taschenlampe aufzuheben. Diese war inzwischen ausgegangen, aber scheinbar schien der Mond hell genug, sodass ich ohne Probleme alles erkennen konnte. Nach kurzem Tasten stellte ich fest, dass meine Wunde am Hinterkopf aufgehört hatte zu bluten. Wir liefen den Waldweg weiter entlang, und endlich kam die Abzweigung nach rechts, die zum Rundweg führte. Je weiter ich lief, desto mehr vergaß ich, warum ich mich eigentlich im Wald aufhielt.

Wir trafen plötzlich auf andere Kinder auf unserem Weg, die alle eine Aufgabe im Wald zu erfüllen hatten.

Die Erinnerung daran hielt aber nur kurz an, sie verlor sich schnell im Vergessen. Die Kinder trugen Kleider aus den unterschiedlichsten Epochen, doch auch daran störte ich mich überhaupt nicht. Wir spielten Fangen oder Verstecken und unterhielten uns. Die Mädchen und Jungen stammten allesamt aus Neustadt und hatten dort in verschiedenen Zeitaltern gelebt. Ich hatte eine richtig schöne Zeit und verlor völlig das Zeitgefühl. Nach etlichen Stunden Spaß begann der Morgen zu dämmern, und ich wurde müde.

„Komm mit", sagte Alfred, „ich weiß, wo wir uns schlafen legen können. Die anderen schlafen auch dort." Ich folgte ihm, ohne Fragen zu stellen, in einen alten, ausgehöhlten Baumstumpf. Es fühlte sich alles richtig und natürlich an. Wir gingen durch den Eingang hinein, und erstaunlicherweise befand sich im Inneren ein riesiger Schlafsaal mit etlichen zwei Etagenbetten. An einem der Betten stand mein Name. Darin machte ich es mir bequem und schlief glücklich ein. In der nächsten Nacht würden wir wieder Zeit mit Spielen im Wald verbringen. Meine Familie und Freunde hatte ich vergessen.

Zwei Tage später wurde die Leiche des vermissten zwölfjährigen Jungen Finn im Neustädter Wald gefunden. Er hatte sich bei dem Sturz in einen Graben eine tödliche Kopfverletzung zugezogen. Der Junge war nach einer nächtlichen Mutprobe im Wald nicht wieder nach Hause zurückgekehrt. Es wird davor gewarnt, den Wald an Halloween bei Nacht zu betreten.

⚅

 Augustin ist anders

NINI SCHLICHT

Gut versteckt, hinter tiefen Wäldern, umringt von großen Bergen und weiten Feldern, lag Augustins Zuhause.

Auf den ersten Blick, war es ein ganz normales Dorf. Auf einer Lichtung standen viele kleine Häuser, nicht weit voneinander entfernt. Gebaut waren sie aus Holz und sie hatten spitze Dächer mit braunen Ziegeln. Auf der einen Seite des Dörfchens, lag ein sehr großer Wald und auf der anderen Seite standen prächtige Berge, die weit in den Himmel hinauf ragten. Der Wald war so groß, dass Augustin sich nicht vorstellen konnte, ihn an einem Tag durchqueren zu können. Er wusste somit nicht, was hinter dem Wald lag. Augustin kannte auch niemanden, der jemals den Wald durchquert hatte. Es war verboten, weiter als bis zur rot markierten Eiche zu gehen. Augustin marschierte oft zu der Eiche, auf der mit roter Farbe ein großes „X" gemalt war. Er blickte dann immer sehnsüchtig in die Ferne, die ihm verborgen blieb.

Augustin hatte, wie jeder andere im Dorf auch, weiße Haut und dunkle Augen.

Die Haarfarbe der Mädchen war meist rötlich während die der Jungs dunkelbraun bis schwarz war. Das Leben hier fand erst dann statt, wenn die Sonne untergegangen war. Am Tag schlief man und erst wenn kein Tageslicht mehr zu sehen war, konnte man hinausgehen. Für Augustin war es ganz normal, dass sein Leben im Dunkeln stattfand, er kannte es nicht anders. Die Sonne hatte er noch nie gesehen. Er wusste nur, dass sie ihm schaden konnte. Das Leben fand unter der Erde statt. Dort, wo kein Tageslicht hingelangen konnte. Die kleinen Häuser auf der Lichtung, waren die Eingänge zu den darunter liegenden Höhlen. Öffnete man die Türen, sah man eine steile Treppe, die hinunter führte. Tief unter der Erde lagen dann die gemütlich eingerichteten Wohnungen. In der Mitte der Häuser, lag die Dorfschule. Hier saß Augustin jede Nacht mit all den anderen Kindern aus dem Dorf zusammen, um zu lernen. Es gab im Dorf auch einen großen Saal, in dem regelmäßig getanzt wurde und in dem man Feste feierte.

Grundsätzlich mochte Augustin sein Leben in dem kleinen Dorf. Doch er träumte davon, eines Tages noch mehr von der Welt zu sehen. Er wusste, dass manche der jüngeren Dorfbewohner fortzogen, sobald sie die Schule beendet hatten. Sie wanderten zu den Bergen und verschwanden dort in einer großen Höhle und kehrten nicht mehr zurück. Augustins Eltern hatten ihm einmal erklärt, dass es hinter den Bergen noch weitere Dörfer gab. Wenn er älter wäre und die Schule beendet hatte, dürfe er ebenfalls fortziehen. Der einzige Weg aus dem Dorf hinaus, führte allerdings durch die Berge. Den Wald zu durchqueren, war für jeden im Dorf verboten.

Augustin war ein kleiner Vampir.

In der Schule lernte er, wie man sich in eine Fledermaus verwandelte oder wie man lautlos lief.

Er lernte die verschiedenen Sternbilder kennen und wusste, dass die Sterne die Gesetzmäßigkeiten, die Ordnung allen Geschehens spiegelten. Er lernte genau zu erspüren, wann der Tag anbricht und es somit notwendig war, unter die Erde zu gehen.

Augustin und seine Mitschüler wurden in die Kunst der Hypnose eingeführt und lernten, Verwirrung in den Köpfen anderer zu stiften.

Bei den meisten Dingen, die er lernte, erschloss sich Augustin weder der Sinn dahinter, noch wofür er so etwas gebrauchen könnte. Doch seine Lehrer versicherten ihm, dass dies notwendige Fertigkeiten eines jeden Vampirs seien.

Augustin stellte immer viele Fragen. Seine Mitschüler belächelten ihn dafür. Sie wollten offenbar nicht wissen, wie viele Orte es auf der Welt gab und wer sie bewohnte. Es konnte doch sein, dass es noch andere sprechende Lebewesen außer den Vampiren gab. Augustins Fragen wurden stets nur mit einem Kopfschütteln des Lehrers quittiert.

Er fühlte sich unverstanden.

Augustin wunderte sich darüber, dass er so anders war als alle anderen Vampire im Dorf. Er glich ihnen vom Aussehen her, doch er hatte ganz andere Träume, stellte sich ganz andere Fragen und wünschte sich ganz andere Dinge.

Eines Nachts hatte Augustin dann endgültig genug.

Im Fledermausverwandlungsunterricht hatte er die Frage gestellt, ob es denn immer eine Fledermaus sein musste. Wieso könnten sie nicht lernen, sich in eine Eule oder einen Fuchs zu verwandeln. Das wäre doch mal was anderes und würde sicher Spaß machen. Der Lehrer hatte daraufhin die Nase gerümpft und mit Augustin geschimpft. Ein Vampir würde sich doch nicht in so etwas Einfaches wie eine Eule oder einen Fuchs verwandeln. Augustin solle endlich einmal mit den Albernheiten aufhören und die Schule ernst nehmen. Die anderen Schüler fingen an, ihn zu hänseln. Sie riefen ihm: „Augustin hat einen Spleen" zu und lachten ihn aus. Augustin hatte daraufhin den Rest der Nacht kein Wort mehr gesagt und sich still in eine Ecke verzogen. Als die Schule vorbei war, rannte er nach Hause und verschanzte sich in seinem Zimmer.

Bevor er einschlief schwor sich Augustin, dass er nie wieder zur Schule gehen wollte. Er würde, gleich nachdem die Sonne untergegangen war, das Dorf verlassen.

Augustin verabschiedete sich in der darauffolgenden Nacht von seinen Eltern. Da er zur üblichen Zeit aufbrach, gingen sie davon aus, dass er zur Schule ging. Er nahm sich seinen Rucksack, packte einige überlebenswichtige Dinge hinein und stiefelte los. Er achtete darauf, dass ihn niemand sah. Das erste Mal in seinem Leben, zahlte sich die Schule für ihn aus. Denn dort hatten sie gelernt, lautlos zu laufen. Sie konnten mit allen Gegenständen und Gegebenheiten im Umfeld verschmelzen, sodass einen niemand bemerkte. Augustin huschte von Hauswand zu Hauswand, verbarg seine weiße Haut unter seiner Kapuze und war somit im Dunklen der Nacht nicht zu sehen. Er schaffte es unbemerkt in den Wald und lief bis zur rot markierten Eiche. Dort blieb er stehen und atmete tief durch. Ein wenig mulmig war ihm schon zumute. Alles würde sich verändern, wenn er den nächsten Schritt ging. Dann wäre er weiter gegangen, als jemals zuvor. Er blickte zurück, zu dem Dorf, in dem ihn niemand verstand und er immer irgendwie anders sein würde und fragte sich, ob er wohl jemals wieder zurückkehren würde. Dann blickte er wieder nach vorne und ging entschlossen los.

Augustin war sehr aufgeregt aber auch glücklich.

Die trockenen Blätter knirschten unter Augustins Füßen, ansonsten war kein Geräusch zu hören. Er stapfte eine ganze Weile durch den dunklen Wald. Es war bestimmt schon eine Stunde vergangen.

Da hörte er auf einmal ein Geräusch. Es klang so, als ob jemand ebenfalls durch den Wald stapfte. Schritte näherten sich ihm.

Augustin blieb ganz still stehen und sah in die Richtung, aus der das Geräusch kam. Er sah einen jungen Vampir, den er noch nicht kannte. Doch dieser Vampir hatte helle Haare und seine Haut war dunkler als jede, die Augustin bisher gesehen hatte. Dieses seltsame Wesen lief orientierungslos in Augustins Richtung und schien ihn gar nicht zu sehen. Ob er blind war? Augustin konnte sehr gut im Dunkeln sehen. Dieser seltsame Vampir entdeckte Augustin erst, als er unmittelbar vor ihm stand. Er erschrak sich und wich mehrere Schritte zurück. Dann blieb er stehen und musterte Augustin fasziniert.

„Wer bist du"? fragte Augustin in die Stille hinein.

„Ich bin Paul und wer bist du"?

Die Stimme von Paul klang ebenso wie die, eines jungen Vampirs. Da war nichts Außergewöhnliches dran, bemerkte Augustin. Doch irgendetwas war anders.

„Ich heiße Augustin. Was ist denn mit deinen Haaren passiert? Wieso sind die so hell"?

Paul griff sich mit einer Hand in sein Haar und zuckte mit den Schultern.

„Die sind schon seit meiner Geburt so hell. Warum trägst du denn so komische Kleidung"?

Augustin sah an sich herab. Er hatte seinen schwarzen Umhang mit dem Stehkragen an. Also nichts komisches, sondern ein Umhang, wie ihn jeder Vampir hatte.

„Das ist mein Umhang. Wieso hast du denn keinen"?

Paul hatte eine Art Umhang, den man vorne verschließen konnte an. So etwas hatte Augustin noch nie gesehen.

„Ich habe keinen Umhang, sondern nur eine Jacke. Du siehst aus, wie ein Vampir. Hast du dich verkleidet"?

Augustins Verdacht, dass dieses Wesen kein Vampir war, hatte sich nun bestätigt.

„Aber ich bin ein Vampir. Bist du denn keiner"?

Paul sah Augustin einige Minuten lang verwirrt an. Dann weiteten sich seine Augen.

„Du bist ein echter Vampir? Boa, ich wusste, dass es euch gibt aber niemand hat mir geglaubt. Da wo ich herkomme, glaubt niemand, dass es Vampire wirklich gibt. Ich bin ein Mensch."

Er war ein Mensch. Davon hatte Augustin noch nie etwas gehört.

Er löcherte Paul mit all den Fragen, die ihm schon immer auf der Seele brannten. Gab es noch viele Orte auf der Erde? Was waren die Menschen für Wesen? Was taten sie? Was mochten sie? Sahen sie alle so aus wie Paul?

Paul erzählte von fernen Orten und seltsamen Gebräuchen und Sitten, die zum „Mensch sein" gehörten. Dann sprudelten aus ihm viele Fragen an Augustin heraus. Paul wollte alles über Vampire wissen. Also erzählte Augustin ihm, wie er und seine Eltern lebten und was er in der Schule lernte.

„Du kannst dich in eine Fledermaus verwandeln"? rief Paul begeistert aus. Augustin nickte eifrig.

„Willst du es sehen"? fragte Augustin.

Paul rief ihm „Ja, auf jeden Fall" entgegen und konnte kaum mehr still stehen, so aufgeregt war er.

Augustin konzentrierte sich und rief sich all die Anweisungen seines Lehrers ins Gedächtnis. An Fledermäuse denken, die Augen schließen und sich fallen lassen. In der nächsten Sekunde flatterte Augustin auch schon um Paul herum. Paul kreischte und klatschte begeistert in die Hände. Nach ein paar Minuten konzentrierte sich Augustin wieder ganz auf sich selbst. Schon war er wieder ein Vampir.

„Das war so klasse, so etwas Tolles möchte ich auch in der Schule lernen. Unsere Lehrer bringen uns nur schreiben und rechnen bei."

Das wiederum weckte Augustins Interesse. Er hatte Bücher zu Hause aber schreiben konnte er nicht. Schreiben lernten ausschließlich die älteren Vampire, den jüngeren wurde so etwas noch nicht beigebracht.

Paul und Augustin tauschten sich noch eine Weile über all das aus, was sie in der Schule so lernten und was sie in ihrer Freizeit taten. Sie entdeckten viele Gemeinsamkeiten, was ihre Interessen anging. Paul wollte auch die Welt entdecken und alles über die vielen Orte auf der Erde wissen.

„Wo wolltest du eigentlich hin"?

Augustin fiel ein, dass Paul ihm erzählt hatte, die Menschen würden nachts schlafen und am Tag zur Schule oder zur Arbeit gehen. Doch wieso schlief Paul dann nicht, sondern irrte im Dunkeln durch den Wald?

„Ich bin von zu Hause weggelaufen. Da sagen immer alle, dass ich zu viel Fantasie habe und aufhören soll von Drachen und Elfen und Vampiren zu reden. Das wären alles nur erfundene Wesen aus Märchen.

Aber das stimmt ja gar nicht. Dich gibt es ja in Wirklichkeit".

Augustin erzählte Paul, dass er ebenfalls weggelaufen war, weil ihn zu Hause niemand verstand oder ernst nahm.

Doch nun wollte Augustin eigentlich gar nicht mehr weiter laufen, sondern wieder zurück nach Hause. Denn er hatte ja jetzt die Gewissheit, dass es tatsächlich noch andere Wesen gab und auch sehr viele Orte auf der Welt. Er hatte noch so viele Jahre seines Lebens Zeit, alles zu entdecken. Doch zuvor musste er ja erstmal lernen, was ein Vampir alles können musste.

Augustin erzählte Paul, warum er nun wieder nach Hause wollte. Paul nickte ihm zustimmend zu.

„Ich möchte jetzt ebenfalls wieder nach Hause. Für mich war die Schule so langweilig geworden. Aber dadurch, dass du so begeistert davon warst schreiben lernen zu können, finde ich es jetzt doch wichtig. Das ist etwas, was Menschen lernen und sich in Fledermäuse verwandeln, müsst ihr Vampire lernen. Lass uns zurückgehen und all das lernen, was wir lernen müssen. Dann können wir mit unserem Leben all das anfangen, was wir wollen."

Augustin gab Paul recht. Allerdings verabredeten sie, dass sie sich immer in der ersten Nacht des Vollmondes im Wald treffen wollten. Sie hatten einander noch so vieles zu erzählen, was sie niemanden sonst erzählen konnten.

Augustin verabschiedete sich von Paul und lief vergnügt nach Hause zurück.

Er bekam nicht zu großen Ärger, weil er die Schule geschwänzt hatte. Denn seine Eltern waren zu glücklich darüber, als Augustin ihnen versprach von nun an besser in der Schule aufzupassen und alles ernst zu nehmen.

Er traf sich in jeder ersten Vollmondnacht mit Paul, denn in der allerersten Nacht des Vollmondes, hatten die Vampire schulfrei. Augustin schwänzte somit nie wieder den Unterricht. Paul blieb in manchen Nächten länger als in anderen. Manchmal hatte er am nächsten Tag auch schulfrei, da die Menschen an Wochenenden immer frei hatten. Wenn er am nächsten Tag kein schulfrei hatte, blieb er nur eine Stunde. Zwischen ihnen entwickelte sich eine innige Freundschaft, die sie geheim hielten. Das war ihr Geheimnis, das ihnen niemand wegnehmen sollte.

Augustin war anders, als andere Vampire. Trotzdem war er glücklich einer zu sein und durch seine Zufriedenheit, freundeten sich auch seine Mitschüler mit ihm an.

Augustin war anders als Paul. Trotzdem war Paul sein bester Freund, weil sie so viel voneinander lernen konnten und gemeinsame Interessen hatten.

Anders zu sein ist gar nicht schlimm, solange man glücklich und zufrieden ist.

Die ewige Melodie

NYX EVERNIGHT

Der Regen fiel in bleischweren Tropfen auf das Dach des alten Herrenhauses, und jeder Aufprall war wie ein schmerzlicher Schlag auf die Stille der Berge, die es umgaben. Drinnen, in den feuchten und moderigen Wänden des verfallenen Anwesens, saß ein Mann, dessen Herz nur noch in den Schatten seiner Vergangenheit schlug. Viktor Hollstein, ein Pianist, dessen Name einst in goldenen Lettern auf den größten Bühnen Europas glänzte, war zu einem Schatten seiner selbst geworden. Er, der einst die Hände der Könige schüttelte und Applaus von den Sternen selbst erhielt, war nun hierher geflüchtet – in das Grab aus Stein und Dunkelheit, wo kein Licht ihn finden konnte.

Das Haus war alt. Alt wie die Knochen der Berge, die es umarmten, als hätten sie es längst aufgegeben. Die Fenster zerbrachen die Zeit in Splitter aus Staub und Spinnweben, und der Wind heulte durch die Flure wie verlorene Stimmen, die seit Jahrhunderten nach Erlösung suchten. Und Viktor? Er war nicht gekommen, um gefunden zu werden. Er war gekommen, um zu verschwinden.

IXX

Seine Finger, die einst wie Flügel über die Tasten eines Klaviers tanzten, lagen jetzt still auf seinen Knien, so reglos, als seien sie längst tot. Musik, einst seine Liebe, seine Leidenschaft, war ihm nun eine Last. Nach dem Verlust seiner Geliebten hatte er das Klavier zum Schweigen gebracht – für immer, so dachte er.

Doch die Nächte hier, in den Bergen, waren lang. So lang und still, dass es war, als könnten die Sekunden nicht weiterziehen, ohne sich selbst zu zerreißen. Die Dunkelheit war dicht, und der Mondschein drang kaum durch die schweren Wolken. Er konnte die Kälte fühlen, die aus den Wänden kroch, ihm in die Knochen biss. Aber mehr noch fühlte er die Einsamkeit, die schwerer wog als jede Last, die er je getragen hatte.

Es war in einer solchen Nacht, einer Nacht, in der die Dunkelheit die Luft verschluckte und das Flüstern des Windes durch die leeren Korridore kroch, dass er es zum ersten Mal hörte.

Die Musik.

Es begann leise, als sei es ein Traum, der sich in die Realität schlich. Ein einziges, verlorenes Klavier. Die Melodie war zart, wie ein Flüstern, das aus längst vergessenen Zeiten aufstieg. Jeder Ton trug den Schmerz von Jahrhunderten, die Sehnsucht nach einem unerreichbaren Ziel, und Viktor wusste – er wusste sofort, dass diese Musik nicht von ihm kam. Aber wer konnte es sein? Hier, in diesem toten Haus, wo nur die Geister vergangener Epochen noch verweilten?

Er folgte den Klängen, wie ein Schlafwandler, der sich selbst nicht mehr gehört. Seine Füße trugen ihn über den kalten Steinboden, durch den Flur, dessen

Holz unter seinem Gewicht ächzte. Der Klang des Klaviers wurde lauter, als würde er zu ihm gerufen. Es war ein fremdes Stück, doch in jeder Note lag etwas Vertrautes, etwas, das tief in seinem Innersten widerhallte.

Am Ende des Flurs stand eine Tür, halb verborgen im Schatten, als würde das Haus selbst versuchen, sie zu verstecken. Sie knarrte, als er sie öffnete, und dahinter – in einem Raum, den er nie zuvor betreten hatte – stand es. Das Klavier.

Es war alt, so alt wie das Haus selbst, seine Oberfläche war zerkratzt und stumpf, als hätte es die Zeit selbst in seinen Holzfäden gefangen. Und doch schien es lebendig, als wären die Tasten warm, als hätten Hände es erst vor kurzem gespielt. Aber da war niemand. Nur das Klavier und die Melodie, die noch immer in seinen Gedanken widerhallte.

Auf dem Notenständer lag ein Buch – ein altes, vergilbtes Notenbuch. Viktors Finger zitterten, als er es aufschlug, als wüssten sie, dass sie etwas Verbotenes berührten. Die Seiten waren brüchig, fast durchsichtig vor Alter, aber die Noten waren klar, als wären sie gerade erst geschrieben worden. Der Name des Komponisten stand in verschnörkelter Schrift am Rand: Johann von Hohenberg, ein Name, den Viktor nicht kannte. Doch die Melodie... Die Melodie sprach zu ihm. Sie rief ihn, forderte ihn.

Ohne es zu wollen, ließ er sich auf den Hocker vor dem Klavier sinken. Seine Finger, die er so lange gezwungen hatte, stumm zu bleiben, schwebten über den Tasten, als wären sie wieder lebendig geworden.

Er spielte die ersten Noten, zögernd, fast ängstlich, aber dann… dann ergriff ihn die Musik, wie ein Sturm, der durch seine Seele fegte. Die Melodie war bittersüß, erfüllt von einer Traurigkeit, die ihm den Atem raubte, und gleichzeitig von einer Schönheit, die ihn unweigerlich weiterzog. Er spielte, als hätte er nie aufgehört, als wären die Jahre des Schweigens nie geschehen.

Aber mit jedem Takt spürte er etwas Fremdes. Es war, als wären seine Hände nicht mehr seine eigenen. Sie bewegten sich zu schnell, zu präzise, als wäre jemand anderes durch ihn hindurch am Werk. Die Musik verlangte mehr, zog ihn tiefer in ihre unheimliche Schönheit. Und dann – da war etwas. Eine Berührung. Kalt und leicht, wie der Hauch eines Geistes.

Viktor riss die Hände von den Tasten und stand keuchend auf. Der Raum war still, aber in der Stille war etwas – eine Präsenz, die er nicht sehen konnte, aber spüren. Etwas beobachtete ihn, etwas in der Musik selbst. Das Notenbuch lag still vor ihm, doch es fühlte sich lebendig an, als würde es warten.

In den kommenden Nächten spielte Viktor weiter. Er konnte nicht anders. Jedes Mal, wenn er sich hinsetzte, führte die Musik ihn tiefer in ihren Bann. Er las in dem Notenbuch, als wäre es das Tagebuch eines Mannes, der durch die Musik zu ihm sprach. Er erfuhr, dass Johann von Hohenberg einst ein begnadeter Komponist war, doch sein Leben war kurz und voller Leid gewesen. Er hatte sich im Wahn und in der Verzweiflung über seine unvollendete Melodie das Leben genommen, aber die Musik war nicht mit ihm gestorben. Sie hatte überlebt, gefangen in den Seiten des

Notenbuchs, wartend auf jemanden, der sie vollenden würde.

Mit jedem Tag, den Viktor spielte, verschwand mehr von ihm. Die Melodie war wie ein Fluch, der sich um sein Herz schloss. Seine Finger schmerzten, als er spielte, doch er konnte nicht aufhören. Die Musik war in ihm, lebte durch ihn. Es war, als würde Hohenberg selbst durch ihn sprechen, als würde der Tote durch seine Hände die Melodie fortsetzen, die er zu Lebzeiten nicht beenden konnte.

Und dann, eines Nachts, während der Sturm draußen tobte und die Mauern des Hauses zitterten, spürte Viktor es. Die letzte Note war nah. Die Melodie, die ihn so lange gequält hatte, würde vollendet werden. Aber mit jedem Ton, den er spielte, fühlte er sich leichter, als ob die Musik nicht nur aus seinen Fingern floss, sondern auch aus seiner Seele.

Die letzte Note erklang, so zart, dass sie kaum hörbar war. Und in diesem Moment, als der Ton verklang, war Viktor nicht mehr da.

Sein Körper fiel leblos über die Tasten, doch sein Geist war fort. Gefangen in der Melodie, in dem Notenbuch, das noch immer offen auf dem Klavier lag. Die Musik war vollendet, doch sie würde niemals enden.

Denn wie Hohenberg vor ihm, war Viktor nun Teil der Melodie. Eine ewige Melodie, die nie aufhören würde zu spielen.

IXIV

Die Wächterin des Gartens

BIBA AL-NASIRI

Knatternd sprang der Motor des Rasenmähers an, um nur Sekunden später unter Stottern und Ächzen aufzugeben.

Lia blinzelte den Schweiß aus ihren Augen und starrte auf die Wildnis, die sich unterhalb der Terrasse erstreckte. Lediglich von Brennnesseln und Efeu überwucherter Maschendrahtzaun ließ erahnen, dass es sich um keinen Dschungel handelte. Wo das Grundstück an den Wald grenzte, glitzerte ein von Binsen und Schilf gesäumter Tümpel im Sonnenlicht. Tagsüber erfüllte das Summen von Insekten die Luft, nachts gesellte sich das Quaken von Fröschen hinzu.

„Nein, mach das nicht!"

Lia zuckte zusammen und fuhr auf dem Absatz herum.

„Mensch Emily! Erschrecke mich doch nicht so!"

Ihre Tochter stand im Schatten eines Haselnussstrauchs, die Hände in die Hüften gestemmt, eine Zornesfalte über der Nase und funkelte sie an.

„Du darfst den Rasen nicht mähen", rief sie mit bebender Stimme.

„Warum nicht?"

„Sofia sagt, dass im Garten Insekten, Spinnen, Eidechsen und Salamander leben. Sie brauchen das hohe Gras."

„Sofia?" Lia überlegte, ob ihr der Name etwas sagte. Nein, entschied sie. „Ist sie in deinem Kindergarten?"

Emilys Gesichtsausdruck wandelte sich von zornig-verzweifelt zu ungeduldig-irritiert, dann prustete sie los. „Sofia geht doch nicht in den Kindergarten! Sie ist die Wächterin des Gartens."

Ein Stich wie von einer glühend heißen Nadel durchbohrte Lias Herz. Sie öffnete den Mund, um etwas zu sagen wie: ‚Du hast eine blühende Fantasie', schluckte die Worte aber unausgesprochen hinunter. Emilys imaginäre Freunde halfen ihr dabei, die Trennung zu verkraften, hatte die Kinderpsychologin gemeint: ‚Nehmen Sie ihre Existenz als Tatsache hin, auch wenn Ihnen das aus Erwachsenensicht befremdlich erscheint, Frau Schneider.'

Befremdlich fand Lia Emilys imaginäre Freunde nicht. Sie irritierte lediglich die Tatsache, dass sie ebenso schnell wechselten wie ihre Launen in letzter Zeit oder die Farbe ihrer Augen je nach Lichteinfall; unter dem Blätterdach schimmerten sie grünlich, in der Sonne dagegen hellblau wie zwei Aquamarine.

„Im Herbst darfst du das Gras mit der Sesse schneiden", erklärte Emily, plötzlich wieder ernst. „Dann ist die Zeit der Insekten vorüber und alle anderen Tiere können sich rechtzeitig in Sicherheit bringen."

„Meinst du eine Sense?"

„Genau."

Wo schnappte das Mädchen nur solche Ideen auf?

LXVII

„Ich habe noch nie mit einer Sense gemäht und würde mich wahrscheinlich verletzen."

Emily winkte ab. „Du musst ein bisschen üben. Dann geht das ganz leicht, sagt Sofia."

Lia atmete tief durch. Unter den wachsamen Blicken ihrer Tochter schob sie den Rasenmäher in die Garage zurück; ohnehin war er diesem Gestrüpp nicht gewachsen. Schade um das Geld, das sie dafür ausgegeben hatte.

Ich muss beim Bauhof einen Mähtraktor mieten, dachte sie.

Emily, Sofia und die Tiere im Gras würden ihr hoffentlich nicht allzu lange böse sein.

„Guten Tag", vernahm sie in diesem Moment von der Straße her. Den Griff der Terrassentür schon in der Hand drehte sie sich um.

Am Gartentor stand eine ältere Dame mit Dauerwelle und geblümtem Kleid.

„Gerda Döring", stellte sie sich vor. „Ich wohne nebenan."

„Lia Schneider, angenehm."

Smalltalk war so ziemlich das Letzte, wonach ihr der Sinn stand, doch sie wollte nicht unhöflich sein. Schließlich hatte sie sich aus freien Stücken dazu entschlossen, von der Stadt aufs Land zu ziehen. Dass man in einem fünfhundert-Einwohner-Dorf nicht lange anonym blieb, erschien ihr logisch.

Gerda Döring musterte sie mit unverhohlener Neugierde. „Sie haben das Haus dieser wirrköpfigen Alten gekauft?"

Einen Moment lang war Lia sprachlos angesichts ihrer Taktlosigkeit.

„Geerbt. Klara war meine Tante", entgegnete sie in deutlich kühlerem Ton als zuvor.

Auf den faltigen Wangen der Nachbarin flammte Röte auf. „Oh, das wusste ich nicht. Mein Beileid zu Ihrem Verlust. Der Herrgott soll sie selig haben. Klara war kein schlechter Mensch, nur etwas schrullig. Die Einsamkeit, Sie wissen schon ..."

Lia nickte stumm. Mit dem Finger schnippte sie einen Marienkäfer weg, der auf ihrem Oberarm gelandet war.

Sie sah sich als Kind am Boden sitzen und einen Turm aus Lego-Bausteinen errichten, während die Eltern aufgeregt tuschelten.

‚Meine Schwester ist verrückt geworden', hörte sie ihre Mutter sagen, ‚komplett durchgeknallt. Ich will nicht, dass die Kleine weiterhin Kontakt mit ihr hat.'

Die nächsten Worte, die ihr in den Sinn kamen, waren Martins, nachdem er von dem Erbe erfahren hatte: ‚Was sollen wir mit einer Bruchbude in irgendeinem Kaff anfangen?'

Wenige Wochen später hatte er ihr seine Affäre gestanden, die zu diesem Zeitpunkt bereits ein Jahr lang lief.

„Sie wanderte nachts im Garten herum und führte Selbstgespräche", vernahm sie wie aus weiter Ferne Gerda Dörings Stimme. „Sofern man das da Garten nennen kann."

Der Türgriff knackte unter dem wütenden Druck von Lias Hand. Sie ließ ihn los und schüttelte ihre schmerzenden Finger aus. „Wahrscheinlich war sie am Ende zu gebrechlich, um ihr Grundstück zu pflegen", verteidigte sie in scharfem Ton ihre Tante.

„Klara und gebrechlich?" Gerda Döring stieß ein freudloses Lachen aus, das ihr Doppelkinn erbeben ließ. „Unsinn, sie war einfach nur verrückt!"

„Ich habe zu tun. Schönen Tag noch, Frau Döring."

„Ebenso." Die Nachbarin nickte ihr zu, während ihre Augen sie zu durchbohren schienen. „Wäre übrigens nett, wenn Sie diesen Sumpf dort hinten trockenlegen. Er zieht Ungeziefer an und das tummelt sich dann in meinem Haus."

„Ich denke darüber nach."

Aufatmend zog sie die Terrassentür hinter sich zu. Das Innere des Hauses empfing sie mit angenehmer Kühle.

Sie machte sich auf die Suche nach Emily und fand sie im Kinderzimmer, wo sie am Schreibtisch saß und malte. Zwei blaue Kreise bedeckten das Blatt. Den großen umrahmten grüne Linien, während der kleine über dem Geschehen zu schweben schien.

„Erkennst du, was das ist?"

„Der Tümpel im Garten?"

Emily nickte eifrig.

„Und darüber scheint der Mond?"

Das Mädchen hob den Kopf und sah sie entgeistert an. „Ach, Mama! Der Mond ist doch nicht blau!"

„Stimmt, da hast du recht." Lia klatschte sich mit der flachen Hand auf die Stirn.

„Das ist Sofia", erklärte Emily.

„Ein Glühwürmchen also?"

„Nein, die Wächterin des Gartens."

„Ich meine, was für ein Tier?"

„Sofia ist kein Tier."

„Was dann?"

Emily zuckte mit den Schultern. „Ich weiß nicht. Sie meinte, sie hat keinen Namen. Darum habe ich sie Sofia genannt."

Lia ließ es dabei bewenden. „Zeit fürs Abendessen", wechselte sie das Thema.

———▲———

Emily schlief ein, sobald ihr Kopf das Kissen berührte.

Lia hingegen hielten wie so oft quälende Gedanken wach. Unruhig wälzt sie sich im Bett hin und her.

‚Ich habe mich in eine andere Frau verliebt.' Martins letzte Worte an sie hatten sich in ihr Gehirn eingebrannt und eine tiefe Wunde in ihr Herz gerissen. Seither kommunizierte er nur noch über seine Anwälte und hatte sich nicht ein einziges Mal nach seiner Tochter erkundigt. Indem er monatlich Geld überwies, betrachtete er seine Vaterpflichten wohl als erfüllt.

Nach der Trennung waren sie bei Lias Eltern untergekommen, doch deren Wohnung hatte sich als zu eng für vier Personen erwiesen.

Seit zwei Wochen lebten sie nun in Tante Klaras Haus.

Emily schien sich wohlzufühlen, Lia hingegen tat sich mit dem Neuanfang schwer. Martin fehlte ihr, trotz allem, was er ihnen angetan hatte.

ЇЇЇ

Irgendwann fiel sie in einen unruhigen Halbschlaf, aus dem sie mit Tränen in den Augen und trockener Kehle erwachte. Die Leuchtziffern ihres Weckers zeigten drei Uhr.

Da sie keine Lust verspürte, länger grübelnd im Bett zu liegen, stand sie auf und schlich auf Zehenspitzen an der Kinderzimmertür vorbei in die Küche. An der Spüle schenkte sie sich ein Glas Wasser ein. Die kühle Flüssigkeit vertrieb das Kratzen in ihrem Hals, nicht aber die quälenden Gedanken.

Um sich abzulenken, ging sie im Geiste ihren Tagesplan durch: Frühstück machen, Emily in den Kindergarten bringen, Staubsaugen, Wäsche waschen, kochen, Emily abholen, Mittagessen. Nachmittags kam der Landschaftsarchitekt wegen des Gartens vorbei. Lia hatte geschwungene Blumenbeete, Rollrasen, sowie eine überdachte Sitzecke mit Grill im Sinn.

Die Blätter des Haselnussstrauchs bewegten sich im Licht, das durch Fenster und Glastür auf die Terrasse fiel.

Weiter hinten weckte ein bläuliches Schimmern ihre Aufmerksamkeit. Gefolgt von Emily im Nachthemd, schwebte der Lichtkegel einer Taschenlampe über die Wiese.

Das durfte doch nicht wahr sein!

Lia stellte das Glas im Waschbecken ab, riss die Terrassentür auf und eilte ins Freie.

Die nach Flieder duftende Nachtluft ließ sie frösteln. Am Tümpel veranstalteten die Frösche ihr allabendliches Konzert.

Mit wenigen Schritten überquerte sie die gepflasterte Terrasse und betrat den Trampelpfad, der zwischen halbhohen Büschen auf die verwilderte Wiese hinabführte.

Hier endete die Reichweite des Küchenlichts; vor ihr erstreckte sich Finsternis, aus der sich Hecken und Bäume als noch dunklere Schemen abhoben. Unschlüssig blieb sie stehen.

„Emily?", sagte sie halblaut, aber nur das Raunen des Nachtwinds in Blättern und Grashalmen antwortete ihr. Die Frösche waren verstummt.

Mit einem Mal beschlich sie ein unheimliches Gefühl. Die feinen Härchen in ihrem Nacken richteten sich auf.

Sei nicht albern!

Sie gab sich einen Ruck und machte einen weiteren Schritt in die Dunkelheit. Ihr Flipflop blieb an einer Baumwurzel hängen, sie fiel der Länge nach hin. Ein Stein bohrte sich in ihr rechtes Knie, vor Schmerz schrie sie auf.

„Mama?"

Wie aus dem Nichts stand plötzlich Emily vor ihr. Die Dunkelheit ließ ihre Gestalt nur schemenhaft erahnen.

Lia rappelte sich mit zusammengebissenen Zähnen auf. Ihr Knie pochte und brannte wie Feuer.

„Was machst du hier draußen?", fuhr sie ihre Tochter an, erhielt jedoch keine Antwort. Also versuchte sie es in weniger strengem Ton: „Wo ist die Taschenlampe?"

„Welche Taschenlampe?"

Die Frage verharrte einen Wimpernschlag lang im leeren Raum zwischen ihnen, dann verschmolz sie mit dem Fliederduft zu etwas Undefinierbarem.

Lia bemerkte eine Bewegung im Augenwinkel und wandte das Gesicht zur Seite. Was sie sah, durchzuckte sie wie ein eisiger Stromschlag. Über dem Tümpel schebte ein Lichtkegel. Winzige Wellen verzerrten sein Spiegelbild im Wasser zu einem unförmigen Gebilde. Davon abgesehen, dass er ähnlich groß war, sah er nicht wirklich wie eine Taschenlampe aus. Er schimmerte bläulich, nicht besonders hell, aber eine beinahe körperliche Präsenz ging von ihm aus. Sie hätte schwören können, dass das Licht sie beobachtete.

„Sofia", flüsterte Emily.

Lias Beine rannten, bevor ihr Gehirn eine bewusste Entscheidung zur Flucht traf, ihre Tochter am Nachthemdkragen mit sich zerrend; den Trampelpfad hinauf, über die Terrasse. Obwohl ihre Muskeln alles gaben, kam das Lichtviereck der Glastür nur quälend langsam näher.

Emily sagte etwas, das im Rauschen in ihren Ohren unterging. Dann endlich schlossen sich die schützenden Betonarme von Tante Klaras Haus um sie. Lia warf die Tür zu und ließ die Rollläden herunter.

Schwer atmend lehnte sie sich an die Wand. Ihre Lungen brannten, ihr Herz hämmerte und weiße Punkte tanzten vor ihren Augen. Dabei formten sie bizarre Muster, die sich allmählich in Emily verwandelten.

„Du blutest, Mama."

IIIV

Lia folgte dem Blick des Kindes zu ihrem aufgeschürften Knie. Der pochende und brennende Schmerz, den sie beim Rennen nicht mehr wahrgenommen hatte, kehrte zurück. Zaghaft setzte auch ihr Denken wieder ein.

Was hatte sie dort draußen gesehen? Einen Geist? Einen Dämon?

Sie begegnete Emilys Blick und bemühte sich, ihr Zittern zu verbergen.

„Du brauchst ein Pflaster, Mama."

„Ich hole mir gleich eins, aber zuerst bringe ich dich ins Bett."

Emily nickte unter herzhaftem Gähnen.

Lia wollte ihr Fragen stellen. Was sie sich dabei dachte, mitten in der Nacht durch den Garten zu streifen. Was sie über die blaue Lichtkugel wusste. Ob sie Angst hatte. Stattdessen zwang sie sich zu einem Lächeln.

Nachdem ihre Tochter eingeschlafen war und sie ihr Knie verarztet hatte, ließ sie alle Rollläden herunter und schaltete in sämtlichen Zimmern das Licht an.

Auf dem Weg durchs Haus schaute sie sich immer wieder um, weil sie glaubte, Schritte hinter sich zu hören oder am Rand ihres Gesichtsfeldes eine Bewegung wahrzunehmen. Jedes Knarren unter ihren Füßen trieb ihr Schweiß auf die Stirn, jedes Knacken in den Wänden jagte ihren Puls derart in die Höhe, dass sie fürchtete, ohnmächtig zu werden.

In Gedanken redete sie sich gut zu: Nur ein Schatten. Nur eine knarrende Diele. Das Gebälk knirscht, weil das Holz arbeitet. Alte Häuser sind nie ganz still.

Plötzlich kam ihr in den Sinn, dass sie womöglich den Verstand verlor. Wie Klara, die laut der Beschreibung ihrer Nachbarin an Halluzinationen litt. Sich verfolgt zu fühlen und Dinge zu sehen, die nicht da waren – Anzeichen einer Psychose? Die Vorstellung ängstigte sie mehr als die blaue Leuchtkugel im Garten. Bis zu ihrer Trennung hatte sie an der Pforte einer Psychiatrie gearbeitet; genau genommen arbeitete sie dort nach wie vor, war lediglich auf Grund ihrer psychischen Verfassung noch immer krankgeschrieben.

Allzu viel bekam sie in ihrem Job von den Erkrankungen und Schicksalen der Patienten nicht mit; genug jedoch, um zu wissen, dass Lebenskrisen psychische Erkrankungen auslösen konnten. Lebenskrisen – ihre persönliche hörte auf den Namen Martin Schneider.

Emily hat das Licht auch gesehen und ihm sogar einen Namen gegeben, versuchte sie, sich selbst zu beruhigen, schaffte es aber nicht. Wahnvorstellungen und Psychosen waren zum Teil erblich bedingt; auch das wusste sie.

Sie schloss sich im Schlafzimmer ein und wählte die Nummer ihres Elternhauses.

„Ja?" Die besorgte Stimme ihrer Mutter erinnerte sie daran, wie spät es war.

„Alles in Ordnung, Mama", versicherte sie als Antwort auf die unausgesprochene Frage. Dann zögerte sie. Wie sollte sie ihr Anliegen formulieren, ohne sich lächerlich zu machen?

„Du sagtest einmal, dass Tante Klara verrückt geworden sei. Was genau meintest du damit?"

Ein Stöhnen ertönte. „Wir haben vier Uhr, Liebes!"

„Bitte, es ist wichtig", beharrte Lia.

Erneutes Stöhnen. „Klara redete wirres Zeug von einem Irrwisch, der sie bat, dieses Grundstück am Dorfrand zu kaufen. Dafür verhökerte sie das Haus unserer verstorbenen Eltern, ohne es mit mir abzusprechen. Laut Testament wäre sie dazu verpflichtet gewesen. Eigentlich hätte ich sie verklagen sollen, aber ich wollte unserer Familie eine Schlammschlacht ersparen."

„Was ist ein Irrwisch?"

„Laut Klara ein Naturgeist, der an Gewässern lebt."

Ein Schauer kroch Lias Rücken hoch und legte sich wie ein mit Eiswasser getränkter Waschlappen in ihren Nacken.

Gewässer. Der Tümpel musste der Grund für das Grauen sein, das im Schutz der Nacht umging … Falls es real war, was sie beinahe hoffte, weil die Alternative noch furchteinflößender war.

„Ist wirklich alles in Ordnung bei euch?", erkundigte sich ihre Mutter. „Ich weiß, die Sache mit Martin ist nicht einfach für dich."

„Alles bestens, Mama. Schlaf gut."

Damit beendete Lia das Gespräch. Nichts lag ihr ferner, als ausgerechnet jetzt über ihren Ex zu sprechen.

Sie legte sich ins Bett und zog die Decke bis zur Nasenspitze hoch. Das Licht ließ sie brennen.

Ich muss dem Spuk ein Ende bereiten, dachte sie.

Das Trockenlegen des Tümpels würde kompliziert und teuer werden, da ihn mehrere Quellen speisten, doch das war ihr gleichgültig. Das Wasser musste weg, damit der Irrwisch verschwand. Mit diesem Gedanken schlief sie ein.

<hr>

Emily weckte Lia um sechs Uhr, weil sie Hunger hatte.

Übernächtigt und mit pochenden Kopfschmerzen quälte sie sich aus dem Bett, bereitete das Frühstück und ein Pausenbrot für den Kindergarten zu.

Der Garten lag ruhig und friedlich im Morgenlicht. Tau glitzerte auf den Grashalmen und die ersten Sonnenstrahlen verliehen dem Tümpel einen goldenen Schimmer.

Bei Tageslicht betrachtet, erschien der Glaube an Geister und Irrwische absurd. Solche Wesen gab es nicht und weder sie noch Emily litten unter Wahnvorstellungen. Das Mädchen besaß eine blühende Fantasie, die sich in der Gestalt von imaginären Freunden offenbarte: Benni, der Maulwurf, Willi, der Bär, Monika, das pinke Eichhörnchen und jetzt eben Sofia, die Wächterin des Gartens.

Was sie selbst betraf, hatten Glühwürmchen oder das Mondlicht ihren Augen einen Streich gespielt und ihre überreizten Nerven in Panik versetzt. So einfach war das. Punkt.

Ihr Entschluss, den Tümpel trockenlegen zu lassen, stand trotzdem fest.

Emily bockte, weil sie nach dem Frühstück nicht wie sonst in den Garten durfte.

„Du bist die gemeinste Mutter auf der Welt", verkündete sie mit vor der Brust verschränkten Armen. „Papa würde mir nie verbieten, draußen zu spielen!"

Lia ärgerte sich über sich selbst, weil sie die Worte einer Fünfjährigen verletzten, doch sie konnte ihre Gefühle nicht abstellen.

Nachdem sie Emily am Eingang des Kindergartens abgesetzt hatte, stieg sie wie in Trance in ihren Wagen zurück. Die Kopfschmerzen waren stärker geworden und auch ihr aufgeschürftes Knie tat wieder weh.

Im Handschuhfach fand sie eine Packung Aspirin und schluckte zwei Tabletten trocken hinunter. Fast augenblicklich ließen die Schmerzen nach, nicht jedoch ihre Traurigkeit. Während der Heimfahrt liefen lautlose Tränen über ihr Gesicht, so sehr sie sich auch zusammenzureißen versuchte.

Sie parkte auf dem Hof, stellte den Motor ab, wischte sich ein paarmal über die Augen und schniefte heftig. Erst dann fühlte sie sich in der Lage, das Auto zu verlassen und sich dem Haushalt zu stellen.

Tränenblind stolperte sie beinahe über eine Flasche Eierlikör, die auf der Steinstufe vor der Eingangstür stand. Lia blinzelte, weil sie glaubte, einem weiteren Trugbild aufzusitzen. Aber die Flasche verschwand nicht wie ein Irrwisch in der Morgendämmerung; auch dann nicht, als sie sie aufhob und die gelblich-trübe Flüssigkeit in ihrem Inneren hin und her schwenkte. Rote Geschenkbänder schmückten den gläsernen Hals und hielten eine Klappkarte fest.

Herzlich willkommen in der Nachbarschaft, stand da in Druckbuchstaben. Unterschrieben war die Karte mit *G. Döring*.

Die Nachbarin also. Dass sie Geschenkkarten mit dem PC beschriftete, machte sie für Lia noch unsympathischer, aber der Eierlikör kam ihr gerade recht. Ein oder zwei Gläschen würden ihre Stimmung hoffentlich heben.

Sie stellte die Flasche auf den Küchentisch und öffnete ein Fenster, um frische Luft einzulassen.

Der verwilderte Garten präsentierte sich nach wie vor friedlich; keine Spur von Lichterscheinungen. Natürlich nicht.

Lia nahm ein Schnapsglas aus dem Geschirrschrank, setzte sich an den Tisch und füllte es bis zum Rand. Ein seltsamer Geruch stieg in ihre Nase; marzipanartig, wie Bittermandelextrakt. Dass Eierlikör diese Duftnote trug, war ihr neu, aber schließlich gab es verschiedene Rezepte.

Sie setzte gerade zum Trinken an, als es klingelte.

Seufzend stellte sie das Glas ab und stand auf.

Vor der Haustür stand Gerda Döring.

„Ihr Licht ist an", sagte sie anstelle einer Begrüßung. Wie selbstverständlich bugsierte sie ihre massige Gestalt durch den Eingang und stapfte an Lia vorbei ins Haus. Diese war zu perplex, um zu protestieren. Stumm folgte sie der Nachbarin in ihre eigene Küche.

„Die Blende vom Backofen ist blind. Die sollten Sie mal putzen, Frau Schneider."

„Welches Licht meinten Sie gerade?"

IIX

Gerda Dörings stechende Augen wandten sich von der blinden Backofenblende ab und nahmen ihr Gesicht ins Visier.

„Diese neumodische blaue Lampe an der Hintertür."

Jäh begriff Lia, dass sie von der Terrassenleuchte sprach, die seit ihrem Einzug defekt war. Das Grauen der Nacht kehrte zurück. Wie eine kalte Hand krallte es sich in ihren Eingeweiden fest.

Sie setzte ein Lächeln auf, das eher ein Zähnefletschen war. „Danke für den Hinweis ... und für das Willkommensgeschenk."

„Willkommensgeschenk?"

„Der Eierlikör."

Die Nachbarin schüttelte ihre Dauerwelle. „Ich verschenke nur, was mir selbst schmeckt. Eierlikör gehört nicht dazu."

In das Grauen mischte sich Ratlosigkeit. „Es lag eine Karte dabei, die mit G. Döring unterschrieben war."

„Ich unterschreibe mit meinem Vor- oder Nachnamen, manchmal auch mit beiden, aber niemals mit G. Bestimmt haben Sie einen Verehrer."

Lia ignorierte die Anspielung. In ihrem Kopf kreisten die Gedanken rasend schnell um blaue Lichter und Eierlikörflaschen.

Wer war G. Döring? Außer ihrer Nachbarin kannte sie niemanden dieses Namens, erst recht keinen Verehrer.

Erneut stieg ihr die Bittermandelnote in die Nase.

„Merkwürdig, dieser Geruch", sagte sie, mehr zu sich selbst als zu ihrem ungebetenen Gast, der sich dennoch angesprochen fühlte. Wässrig graue Augen verengten sich zu schmalen Schlitzen. „Kölnisch Wasser ist das. Damit mache ich mich morgens und abends frisch."

Lia atmete tief durch. „Ich meine nicht Sie, sondern den Eierlikör. Er riecht nach Bittermandel."

Gerda Döring beugte sich über die Flasche und rümpfte die Nase. „Riecht nach Eierlikör. Nur nach Eierlikör." ‚Nur' betonte sie mit einer Endgültigkeit, die keinen Widerspruch duldete.

Wie ferngesteuert griff Lia nach dem Glas. Egal, wie der Likör riechen oder schmecken mochte, sie brauchte Alkohol - sofort.

Trink nicht!

Die Stimme in ihrem Kopf erklang so klar und real, dass sie vor Schreck das Glas fallenließ. Eine cremige, nach Bittermandeln riechende Welle ergoss sich über die Tischplatte. Im selben Moment fuhr ein Windstoß durchs offene Küchenfenster, zerrte an ihrem Haar und brachte einen Zettel am Kühlschrank zum Flattern. Mit letzter Kraft hielt ein Streifen Tesafilm die Nummer des Giftnotrufs fest.

Ruf an, empfing Lia erneut die rätselhafte telepathische Stimme.

Ihr Blick huschte zwischen dem flatternden Papierschnipsel am Kühlschrank und den unbewegten Blättern im Garten hin und her. Auf halbem Weg dazwischen spiegelte sich ein bläulicher Schimmer im Fensterglas, schwach und konturlos; man hätte ihn für eine Sinnestäuschung halten können, doch Lia wusste es besser.

„Sofia möchte, dass ich die Giftnotrufzentrale anrufe."

Gerda Döring starrte sie auf eine Weise an wie vermutlich Klara, als diese Selbstgespräche führend durch den Garten wanderte.

„Wer ist Sofia?"

Ich bin die Wächterin des Gartens.

„Entschuldigen Sie mich."

Energisch schob Lia ihre Nachbarin Richtung Ausgang und schlug die Haustür hinter ihr zu. Sie rechnete damit, dass sie erneut klingeln würde, aber zum Glück tat sie es nicht.

Das Leuchten im Fenster war verschwunden und der Zettel am Klemmbrett hing still. Trotzdem tippte Lia die Nummer in ihr Handy ein.

„Giftnotrufzentrale, guten Morgen", meldete sich eine Frauenstimme.

„Ich habe eine Flasche Eierlikör geschenkt bekommen, die seltsam riecht." Lia stockte. Plötzlich kam sie sich albern vor.

„Können Sie den Geruch beschreiben?", hakte die Dame freundlich nach. Sie nahm sie ernst, das spürte sie.

„Nach Marzipan oder Bittermandelextrakt. Merkwürdig ist, dass meine Nachbarin nichts riecht."

Sie vernahm einen scharfen Atemzug. „Fassen Sie die Flasche nicht an und rufen Sie die Polizei. Das klingt nach Zyanid."

———▲———

ꑭ

Wenige Minuten später standen zwei Polizeibeamte in Lias Küche und schnupperten abwechselnd an der Flasche. Lediglich einer von beiden nahm den Geruch wahr.

„Zyanid", bestätigte der Beamte und richtete seine ernsten, dunklen Augen auf Lia. „Sie gehören zu den maximal fünfzig Prozent der Bevölkerung, die diesen Geruch wahrnehmen können. Dafür sollten Sie dem Himmel oder dem Schicksal danken. Hätten Sie davon getrunken, wären Sie jetzt tot."

Lia fühlte sich wie in Watte gepackt und durch die Waschmaschine gejagt. Sie lehnte mit dem Rücken am Kühlschrank, ohne zu wissen, wie sie dorthin gelangt war. In ihrem Gehirn herrschte Leere; vermutlich stand sie unter Schock.

Während der eine Beamte über Funk Kripo und Spurensicherung anforderte, wollte der andere wissen, ob sie Feinde habe.

„Nein, ich glaube nicht. Selbst wenn, hätten sie keine Ahnung, wo ich wohne. Ich bin gerade erst hergezogen."

„Wer kennt Ihren aktuellen Wohnort?"

„Nur meine Eltern und mein Noch-Ehe..." Sie verstummte abrupt.

Ein ungeheuerlicher Verdacht keimte in ihr auf.

Martin? Nein, das konnte nicht sein!

Zwei Kripobeamte in Zivil kamen hinzu, die tiefergehende Fragen stellten: Ob Martin je gewalttätig gewesen sei? Ob es Sorgerechtsstreitigkeiten oder sonstige offene Konflikte gebe? War er eifersüchtig oder kontrollierend?

All das konnte Lia verneinen.

Unterdessen fotografierte eine Mitarbeiterin der Spurensicherung die Eierlikörflasche von allen Seiten und verstaute sie anschließend in einer Plastiktüte.

Man werde sich melden, sobald es Ermittlungsergebnisse gebe wurde Lia zum Abschied mitgeteilt. Bis dahin solle sie vorsichtig sein, Fremden nicht die Tür öffnen und weder Briefe noch Pakete mit unbekanntem Absender annehmen.

Sobald sie allein war, sank sie in sich zusammen. Die Stirn auf ihre Knie gestützt, kauerte sie am Küchenboden. All der Schmerz und die Einsamkeit der letzten Monate stürzten auf sie ein und drohten sie zu ersticken. Ihr Brustkorb schmerzte und haltloses Schluchzen schüttelte ihren Körper.

Alles wird gut.

Sie wischte sich über das Gesicht und blickte auf.

Etwa einen halben Meter entfernt schwebte eine bläuliche Lichtkugel über den Bodenfliesen, genau auf Augenhöhe mit ihr. Sie flackerte leicht und sie hätte schwören können, dass sie sie ansah.

Staunen erfüllte sie und der Wunsch zu ergründen, was es mit der Erscheinung auf sich hatte. Furcht empfand sie keine mehr; auch nicht, als das Licht langsam näherkam und ihre nasse Wange berührte. Das Gefühl glich einem Windhauch oder dem Kitzeln einer Feder.

Irrwisch nannte ihre Mutter das Wesen, Emily hatte es auf den Namen Sofia getauft. Für Lia war es ein Schutzengel.

Es erlosch mit einem letzten Flackern, so, als sei es nie dagewesen.

Benommen rappelte Lia sich auf, rief den Landschaftsarchitekten an und sagte den Termin ab. Der Garten sollte bleiben, wie er war.

Abends, als Emily bereits schlief, kam eine Textnachricht von Martin:

‚Christina wurde festgenommen. Sie hat gestanden, dass sie dich vergiften wollte.'

Lia fühlte einen Stich im Herzen. Christina – seine Freundin, die Frau, mit der er sie betrogen hatte.

‚Laut ihrer Aussage bei der Polizei war sie mit meinen monatlichen Zahlungen an Emily und dich nicht einverstanden. Ich bin fassungslos und will nichts mehr mit ihr zu tun haben. Bitte verzeih mir! Ich liebe dich und hoffe, dass du unserer Ehe noch eine Chance gibst.'

Der letzte Satz verwandelte ihre Traurigkeit in Wut. Ohne die Ereignisse dieses Tages hätte sie einem Neuanfang sofort zugestimmt. Die Erkenntnis, knapp dem Tod entronnen zu sein, hatte ihr jedoch den Wert ihres Lebens bewusst gemacht.

Martin verdiente ihre Zeit und Liebe nicht. Sie machte sich nicht einmal die Mühe, auf seine Nachricht zu antworten.

Stattdessen setzte sie sich an den Schreibtisch, schaltete ihren Laptop ein und bestellte im Internet eine Sense. Für den Herbst, wenn die Zeit der Insekten vorüber war.

Mit leisem Brummen schwirrte ein Marienkäfer durch das gekippte Fenster und landete auf ihrem Oberarm, vielleicht derselbe wie beim letzten Mal.

Die kleinen Füße kitzelten sie und weckten eine ferne Erinnerung.

‚Marienkäfer bringen Glück‘, sagte Klaras klare, sanfte Stimme, die nicht die einer Verrückten war.

Lia versuchte, sich an das Gesicht ihrer Tante zu erinnern, doch ihre Züge verschwammen vor ihrem inneren Auge.

Der Käfer krabbelte zur Spitze ihres Zeigefingers. Dort angekommen, breitete er die Flügel aus, ließ sich von einem Luftstrom ins Freie tragen und stieg in den orangerot leuchtenden Himmel auf.

Verträumt schaute sie ihm nach, bis ein Funkeln hinter der Scheibe ihre Aufmerksamkeit auf sich zog. Langsam schwebte die blaue Lichtkugel bis auf Höhe ihres Kopfes herab.

„Hallo Sofia“, sagte Lia mit einem Lächeln.

Der Irrwisch blinkte zweimal, als wolle er den Gruß erwidern. Dann schoss er blitzschnell davon.

Das Farbenspiel des Sonnenuntergangs begegnete dem saftigen Grün von Grashalmen und Blättern. Bunte Wiesenblumen tanzten mit den Schilfhalmen im Abendwind. Der Garten glich einem Kunstwerk, mit Licht gezeichnet und von einem Wesen aus Licht bewacht.

Ene-mene-muh

ANNIE MIRWALD

Edward war ein durchschnittlicher Junge, durchschnittlich in der Schule, durchschnittlich im Aussehen, durchschnittlich in allem. Außer in einem, und das war seine Unvorsichtigkeit, die oft mit Mut verwechselt wurde, aber eigentlich an Dummheit grenzte. Da war er tatsächlich überdurchschnittlich. Er erkannte Gefahren einfach nicht, deshalb war er Stammgast im hiesigen Krankenhaus.

„Hallo Eddy, was ist denn heute gebrochen? Ach, nur eine Schnittwunde, das geht ja."

Er schaffte es tatsächlich, sein zwölftes Lebensjahr zu erreichen, ohne mehr zu verlieren als nur einen seiner kleinen Finger, nämlich den an seiner rechten Hand. Er wollte nur schnell ein Stück Holz mit der Kreissäge seines Vaters schneiden, deren Benutzung ihm eigentlich strengstens verboten war, so wie auch die Nutzung fast jeglichen Werkzeugs. Natürlich hielt er sich an kein Verbot, was seine Eltern zur Verzweiflung brachte, dem Krankenhaus gute Einnahmen und seinem Körper dutzende von Verletzungen einbrachte. Da er so oft Verbände trug, nannten ihn alle nur noch Eddy die Mumie.

Eddy liebte Halloween. Er liebte die Verkleidungen, den Grusel und natürlich die Süßigkeiten. Auch dieses Jahr würde er wieder losziehen und mit dem Ausruf „Süßes oder Saures" seinen Beutel bis oben hin mit allerlei schmackhaften Dingen füllen.

Als es dämmerte und die Häuser ihre schaurigen Beleuchtungen eingeschaltet hatten, zog Eddy los. Er war, wie sollte es anders sein, als Mumie verkleidet, was ihn in seiner Sicht und Bewegung natürlich einschränkte. Die Straße war voller verkleideter Kinder, die aufgeregt ihre ergatterten Schätze verglichen und sich Tipps zuriefen, wo es die besten Leckereien gab. Eddy gesellte sich dazu und verfolgte aufmerksam, welche Häuser die Kinder bevorzugten.

„Und was ist mit dem Haus von dem Alten?" Er wies mit seinem Kinn in die Richtung des Hauses. Plötzlich war es totenstill und jeder schaute Eddy entsetzt an.

„Bist du verrückt?", „Ich habe doch gesagt, der hat einen Knall", „Du spinnst ja total", „Auf keinen Fall", „Willst du sterben?" riefen alle aufgeregt durcheinander.

„Angsthasen", sagte Eddy verächtlich, „Schwächlinge und Schisser!" Er lachte übertrieben laut. „Ist mir gleichgültig, was ihr sagt, ich werde dahin gehen. Habt ihr nicht gesehen, wie extrem sein Haus aussieht?"

„Ja", sagte eines der Mädchen, „extrem krank! Ich gehe da nie und nimmer rein!" Die anderen nickten zustimmend.

Der Alte war ein Mann, der am Ende der Straße in einem in die Jahre gekommenen, ungepflegten Haus lebte. Er war genauso alt und ungepflegt wie sein Haus. Keiner kannte seinen richtigen Namen, er hieß bei allen nur „der Alte". Niemand sprach mit ihm, und er sprach mit niemandem. Selbst die Postboten warfen die Post nur schnell vor seine Tür und verschwanden wieder. Nur zu Halloween war das Haus wirklich sehenswert. Der Weg vom Gartentor bis zur Eingangstür war mit unzähligen gruselig geschnitzten Kürbissen, Skeletten in Särgen und Zombiepuppen gepflastert. Alles war in ein gespenstisches Rot getaucht, und wenn man nur lange genug hinsah, begannen die Puppen sich zu bewegen. Die Haustür stand offen und sah aus, als wäre sie der Eingang zur Hölle. Direkt davor stand der Alte in einem blutbeschmierten Pullover.

„Guckt doch mal", rief Eddy, „wie extrem die Narbe im Gesicht aussieht, die hat er doch toll hingekriegt."

„Von wegen, du Trottel", sagte einer der älteren Jungs, „die hat er immer, das ist seine eigene!"

„Boah, krass!", rief Eddy, „wo er die wohl herhat?"

Eines der Mädchen senkte seine Stimme und flüsterte leise: „Ich habe gehört, dass er ein Kind entführt hat. Der Vater wollte es befreien und hat ihm dabei die Narbe verpasst."

Eddy hörte mit offenem Mund zu. „Und? Wo ist das Kind? Hat der Vater es befreit?"

„Nein", antwortete das Mädchen mit grabestiefer Stimme, „es ist nie wieder aufgetaucht." Alle sahen zum Haus, und ein Schauer lief ihnen den Rücken runter.

„Geh nur", sagte einer der Jungen und schubste Eddy vorwärts in Richtung des Hauses. Die anderen sangen leise im Chor: „Eddy, Eddy, die Mumie hat doch keinen Mumm."

„Von wegen", rief Eddy trotzig. Er straffte seinen Rücken und watschelte in Richtung des Hauses. Der alte Mann sah ihn kommen, lächelte dämonisch und trat einen Schritt zur Seite, um den Eingang freizumachen. Alle stöhnten entsetzt auf, als Eddy im Eingang verschwand und der Alte mit ihm.

„Kommt", sagte eines der Kinder, „lasst uns gehen, der kommt da eh nie wieder raus."

Als Eddy bei dem alten Mann ankam, wies der ihn mit einer Geste seiner Hand an, einzutreten. Aus den Augenwinkeln konnte er beobachten, dass die anderen Kinder gingen, ohne sich noch einmal umzudrehen, und er wusste, dass er jetzt auf sich allein gestellt war. Keiner würde ihm zu Hilfe eilen, wenn es brenzlig werden würde. Auf einmal bereute er es zutiefst, das Haus betreten zu haben. Eddy entschloss sich, wieder umzukehren und zu gehen, doch da fiel schon die Tür ins Schloss und er war gefangen.

Er begann unter seinen Binden zu schwitzen und überlegte fieberhaft, wie er seinem Tod entkommen konnte. „Der Garten", schoss es ihm durch den Kopf. „Es gibt bei allen Häusern eine Hintertür in den Garten, und wenn ich hier schon anfange, meine Mullbinden zu lösen, kann ich schnell über den Zaun in Sicherheit klettern." Von diesem Gedanken beflügelt, versuchte er, so schnell es eben mit den bandagierten Beinen ging, zur Hintertür zu kommen. Er kämpfte sich durch Spinnweben, blutige Vorhänge und baumelnde Skelette, riss dabei an seinen Binden und wagte keinen Blick zurück.

Er hörte, wie der Alte etwas hinter ihm herrief und begann noch mehr zu schwitzen. „Du musst schneller sein, Eddy", dachte er, „sonst bist du tot." So versuchte er, an Tempo zuzulegen. Dabei kamen ihm die Enden der gelösten Binden zwischen die Füße, und als er zwei Stufen hinunter musste, die Tür schon in Sichtweite, passierte es. Er verhedderte sich, verlor das Gleichgewicht und fiel der Länge nach hin.

Als er die Augen aufschlug, sah er genau in die Augen des alten Mannes, der über ihm kniete, eine Schere in der Hand.

„Bitte bringen Sie mich nicht um, ich will wieder nach Hause zu meinen Eltern, und ich verspreche, nie mehr Unsinn zu machen", jammerte er weinerlich.

„Warum sollte ich dich denn umbringen wollen?" Der Mann schüttelte verständnislos den Kopf. „Was denkt ihr Kinder denn von mir? Ich will nur die Binden aufschneiden, damit du aufstehen kannst. Du bist ganz schön auf deinen Kopf gefallen und ich muss nachsehen, ob du dich verletzt hast." Mit diesen Worten begann er, Stück für Stück den Mull zu zerschneiden. Eddy zitterte immer noch wie Espenlaub.

„Die anderen haben gesagt, bei Ihnen wäre ein Kind verschwunden und der Vater hätte es nie wiedergesehen, und er hätte Ihnen die Narbe im Gesicht verpasst." Seine Stimme überschlug sich vor Aufregung.

„Ach, das ist doch Unsinn. So, versuche mal aufzustehen. Es müsste jetzt gehen, und dann kann ich mir deinen Kopf anschauen." Er half Eddy auf die Beine und besah sich seinen Kopf.

„Der viele Mull hat deinen Sturz gut abgefedert. Da ist nur eine kleine Beule, nichts, was man nicht mit einem heißen Kakao und einem großen Plätzchen beheben könnte."

Er nahm Eddy mit in seine Küche, und bei dem versprochenen Kakao und mehr als einem Plätzchen erzählte er Eddy, warum alles etwas ungepflegt war, woher die Narbe kam, dass er nicht verstand, wieso alle ihn mieden, und wie einsam er deshalb war.

Eddy verstand, und von da an war er sehr häufig zu Besuch bei seinem neuen Freund Fred. Seitdem ist zu Halloween das Haus am Ende der Straße noch ein bisschen gruseliger, weil Eddy jetzt auch dort herumspukt.

Geschöpf der Nacht

MAIKE JOHNKE

Leise schleiche ich mich durch die Schatten die Straße entlang. Der Mond steht hoch und sichelförmig am Himmel und erhellt meine Umgebung nur schwach. Ich halte meine Nase in den Wind und wittere Beute. Die Gier nach Blut bricht sich Bahn durch meinen Verstand. Mein Körper hat diese irdische Welt schon vor Jahrhunderten verlassen und empfindet seither keinen Hunger mehr. Meine Bedürfnisse werden von meinem fast schon tierischen Trieb und meinem Geist entfacht. Ein Hunger, der nicht greifbar ist und mich fast in den Wahnsinn treibt. Meine empfindliche Nase fängt eine Duftspur von Leben ein, und ich folge ihr. Bald darauf höre ich einen Puls schlagen.

Als ich noch jung war, was schon so lange her ist, dass ich mich kaum noch daran erinnere, war es leichter für mich, an Beute zu kommen. Damals, als es noch keine Videoaufzeichnungen und Smartphones gab, die deine Identität hätten preisgeben können. Früher wurde zwar auch hinter vorgehaltener Hand von dem Monster gesprochen, das sein Unwesen trieb. Jedoch war ich schon lange verschwunden, bevor meine Opfer aufgefunden und die Kunde bekannt wurde. Ein Monster, wie ich gerne über Epochen hinweg bezeichnet wurde, das auch nur dem Ruf seiner Natur nachkam. Mittlerweile verletzt mich diese Bezeichnung nicht mehr. Es gibt in der Welt weitaus schlimmere Charaktere in der Gesellschaft, als jemanden, der einfach nur seinen Hunger stillt und nur so viele Leben nimmt, wie er braucht.

Die wahren Monster leben in der sogenannten feinen Gesellschaft unter dem Deckmantel von Rechtschaffenheit und Glaube, weswegen ich mich aus diesen Kreisen auch zurückgezogen habe. Natürlich ist es für mich einfacher, bei einer Veranstaltung, Party oder einem Ball jemanden zu finden, der meine Bedürfnisse befriedigt. Mit der Entwicklung der Technik wurde es aber auch tückisch und gefährlich.

Ich biege um eine Ecke, und da sehe ich ihn vor mir. Ein junger Mann schlendert die Straße entlang, den Blick gesenkt auf sein Smartphone. Er schwankt leicht und bewegt sich unsicher. Die Schatten geleiten mich sicher, als ich mich lautlos ihm nähere. Er riecht so unglaublich gut. Nach Jugend, Hoffnung und Leben. Für mich ist er heute Nacht perfekt. Als er aus dem hellen Schein der Straßenlaterne heraustritt und in einen etwas schwächer beleuchteten Bereich kommt, ist es soweit. Geschmeidig und schnell bin ich hinter ihm und schleiche mich heran. Ich schlinge meinen linken Arm um seinen Oberkörper und seine Arme, und mit der anderen Hand drehe ich seinen Kopf in Position. Ich spüre, wie sich sein Puls beschleunigt, wie das Blut durch seine Adern rast, und der süße Duft von Schweiß und Angst steigt mir in die Nase. Bevor er

einen Laut ausstoßen kann, versenke ich meine Reiß-
zähne in seinen Hals und fange an zu trinken.

Es ist nur eine Sache von Sekunden, dann erlischt
die Kraft in dem kräftigen Körper. Die Hand lässt das
Smartphone fallen, und die Arme sacken schlaff herab.
Die Spannung aus dem Rumpf schwindet, und für die
restlichen Schlucke Blut muss ich den Leichnam fest in
meinen Armen halten. Keine fünf Minuten später
trage ich ihn in einen Hausflur und setze ihn in eine
Ecke. Ich fühle mich satt und zufrieden wie eine
schnurrende Katze, die gerade eine Maus ihr Eigen
nennt. Schnell, aber nicht eilig verlasse ich den Ort des
Geschehens und verschmelze wieder mit den Schatten
der Nacht. Nichts und niemand rührt sich in der nun
leeren Straße. Es ist, als wäre nie etwas vorgefallen.
Morgen, wenn der junge Mann an seinem Platz aufgefunden wird, werden die Menschen wieder von dem
Monster sprechen, das hier sein Unwesen treibt.

Wahrscheinlich werden mir in den nächsten Nächten die Monster-Schlagzeilen auf einigen Zeitungen
aus den Verkaufskästen entgegenprangen. Sollen sie
doch. Ich habe mir dieses Leben nicht ausgesucht, im
Gegensatz zu den heuchelnden Sterblichen.

Von Detektive, Dieben und Vampiren

JOSEFINE LYDA

Kapitel 1 – Der ewige Weg

Als Jenny diesen Samstagmorgen in das Treppenhaus trat, war etwas anders als sonst. Es war nicht der Dauerregen, der sich seit einer Woche über die Stadt gelegt hatte. Es war auch nicht das Regenwasser, das durch das Fenster im Treppenhaus leckte.

Nein, es war die Fahrstuhltür. Jemand hatte einen Zettel daran gehängt: „Außer Betrieb". Gestern nach der Schule hatte dieser verflixte Zettel noch nicht dort gehangen.

Jennys Hand wanderte sofort zu dem Schlüsselband, das um ihren Hals hing. An dem Schlüsselring war ein Gummi-Dino befestigt. Mama hatte ihn ihr geschenkt. „Als Glücksbringer", hatte sie damals dazu gesagt. Und wie immer, wenn Jenny Glück brauchte, schloss die ihre Hand um die kleine Dinofigur. „Komm schon, komm schon," flüsterte Jenny mehr zu sich selbst als zum Dino. Sie drückte immer wieder auf den Fahrstuhlknopf. Denn auch wenn an der Fahrstuhltür „Außer Betrieb" stand, musste das ja nicht

IVX

unbedingt heißen, dass der Fahrstuhl auch kaputt war. Vielleicht hatte einer dieser Witzbolde aus dem 10. Stock diesen Zettel dort hingehängt – allein mit der Absicht Jenny zu ärgern?

Aber unabhängig davon, wie oft sie auf den Knopf drückte, egal wie sehr sie sich Glück von ihrem Dino wünschte, die Fahrstuhltür öffnete sich nicht mit dem wohlbekannten Kling-Geräusch.

Jenny würde die 21 Stockwerke allesamt zu Fuß heruntergehen müssen. Sie seufzte. Zwar war der Fahrstuhl furchtbar (Manchmal ruckelte er und das Licht flimmerte auf). Doch mit dem Fahrstuhl zu fahren war immer noch besser, als sich die Füße platt zu laufen, während man 21 Stockwerke hinunter jagen musste.

Aus Jennys genervten Seufzer wurde schnell eine verängstigte Gänsehaut. Denn Jenny wurde in diesem Moment klar, dass sie nun an der Wohnung im 4. Stock vorbei huschen musste. Etwas in Jennys Hals zog sich zusammen.

„Ich könnte einfach zurück in die Wohnung gehen", dachte sie sich. „Ich rufe einfach bei meiner Freundin an und sage ihr, dass ich nicht kommen werde."

Aber Jenny ging nicht in die Wohnung zurück. Denn sie hatte ihrer Freundin Phuong versprochen sie heute zu besuchen. Besonders, weil Phuong etwas vorbereitet hatte.

„Eine Überraschung. Nein besser als eine Überraschung!", hatte Phuong gestern noch in der Schule gesagt. „Die Lösung von einem Problem. Wir schaffen etwas Großartiges. Bitte, Jenny, du musst versprechen, dass du mitmachst!" Jenny hatte ihre Augen verdreht. Aber sie hatte es dann doch versprochen. Und was auch immer diese Überraschung sein mochte, die Phuong da vorbereitet hatte, Jenny würde pünktlich vor ihrer Haustür stehen und sich ansehen, was ihre beste Freundin im Schilde führte. Für Phuong würde sie mutig sein. Für Phuong würde sie sich trauen, an der Wohnung im 4. Stock vorbeizulaufen.

Jenny gab dem Dino an ihrem Schlüsselbund einen Kuss (für ein bisschen Glück und auch ein bisschen mehr Mut). Dann machte sich sie auf den langen Weg die ewige Treppe hinunter.

Sie zählte rückwärts jede Etage mit: „21!" Die ersten Stufen sauste sie hinunter. „20!" und „19!". Bei der „15!" wurde sie langsamer. Als sie bei der „10!" ankam, fingen die Seitenstiche an. Schließlich schien ihre Lunge zu platzen. Phuong hatte es da einfacher. Sie lebte direkt in dem Erdgeschoss des Hochhauses. Sie sagte immer, wenn ein Riese die beiden Mädchen besuchen kommen würde, dann würde Jenny die Haare und Phuong die Zehennägel sehen. Jenny grinste ein wenig bei dem Gedanken. Sie atmete tief ein und setzte ihre endlose Reise in das Erdgeschoss fort.

„8!" „7!" „6!" „5!".

Auf der Treppe, die zum 4. Stock führte, brauchte sie gar nicht mehr zu zählen. Jenny wusste genau, wo sie war. Es roch, wie der Mülleimer unter der Spüle, wenn Mama vergessen hatte, ihn runterzubringen. Nur noch säuerlicher. Noch gammliger. Jenny schüttelte sich.

⬡

Diese Treppe kam ihr länger vor als alle Treppen zusammen. Wenn sie herunter zu Phuong wollte – und sie wollte unbedingt zu Phuong – dann würde Jenny diese ewige Treppe hinunter und dann an der Wohnungstür vorbeigehen müssen. Der Geruch wurde stärker.

Das Problem war, dass Jenny alle Geschichten kannte, die sich über den 4. Stock erzählt wurden. Jenny wusste ganz genau, was für eine Kreatur in dieser Wohnung lebte. Sie schloss die eine Hand fest um ihren Dino. Der Angstschweiß sammelte sich zwischen dem Gummi und ihrer Haut. Ihr braunes Haar begann in ihrem Nacken zu kleben.

Die andere Hand legte sie schützend auf ihren Hals. Denn wenn es stimmte, was sich die Kinder in diesem Hochhaus erzählten, dann würde Jenny jeden Schutz gebrauchen können.

So machte sie den ersten Schritt die Treppe hinunter. Dabei wollte sie leise sein. Sie wollte unentdeckt bleiben. Aber so sehr sie versuchte still durch das Stockwerk zu schleichen, schien jeder ihrer Schritte umso lauter zu werden. Die Geräusche ihrer Schritte prallten von den Wänden aus Putz ab und echoten lautstark durch die Flure. Selbst Jennys eigener Atem kam ihr unerträglich laut vor. Wer da in der Wohnung im 4. Stock lauerte, würde sie ohne Zweifel hören können.

Jenny schob sich durch den Flur. Sie wagte es nicht, ihren Blick von der Tür abzuwenden. „Das ist nur eine Tür", sagte sie sich immer und immer wieder. Jedoch war das nicht nur eine Tür. Jenny zuckte zusammen,

⧗⧖

als sie ein Katzen und Schaben zu hören glaubte. Da war das Geräusch von langen Fingernägeln, die über Holz glitten – wie Krallen, die tiefe Furchen in die Tür schabten. Das Kratzen wurde lauter. Waren es zuvor Jennys lauten Schritte gewesen, die durch den Flur echoten, war es nun dieses kratzende Geräusch. Jemand war auf der anderen Seite der Tür und das einzige, dass Jenny von diesem Etwas schützte, war ein dünnes Holzbrett.

Jenny quiekte. Sie rannte durch den Flur. Sie rannte die Treppe hinunter. Sie rannte so schnell, wie ihre Füße sie tragen konnte. „3!", „2!", „1!!" und „0". Keuchend kam Jenny im Erdgeschoss an. Als Phuong ihr die Tür öffnete, schnappte Jenny nach Luft, sie zitterte, aber sie hatte es geschafft.

Kapitel 2 – Die Überraschung

Draußen prasselte der Regen auf die Straße. Die beiden Mädchen hatten sich in der unteren Etage von Phuongs Hochbett gesetzt. Jenny hatte sich von dem Schock erholt, nachdem ihre Freundin ihr einen großen Kakao gemacht hatte.

„Erzähl es mir nochmal!" Phuongs Augen glitzerten vor Aufregung. „Was hast du gehört, als du im Treppenhaus warst?"

„Das habe ich dir jetzt schon drei Mal erzählt."

„Aber ich will es nochmal hören."

Jenny schlug mit ihren Händen auf ihren Oberschenkel. „Ich erzähle es dir noch einmal, wenn du mir sagst, was das für eine Überraschung sein soll. Weißt du noch? Die all unsere Probleme lösen soll?"

Phuong grinste schelmisch. „Genau genommen, löst sie nur ein einziges Problem." Sie holte ein kleines rechteckiges Papier aus ihrer Nachttischschublade und drückte es Jenny in die Hand. Diese überflog, was auf dem Zettel geschrieben stand.

„Was soll das denn heißen?", fragte sie verunsichert.

„Das ist eine Visitenkarte! Da stehen unsere Namen und unser Beruf drauf."

„Ich weiß, was eine Visitenkarte ist! Davon hast du mir schon hunderte gezeigt!"

„Ja! Aber diesmal ist es die richtige Visitenkarte!"

Phuong sah ihre Freundin entschlossen an.

Jenny dachte an ihre unzähligen Versuche, die niemals irgendetwas gebracht hatten. Heimlich hatten Phuong und Jenny einen großen gemeinsamen Traum: Sie wollten Detektivinnen sein. Nicht irgendwelche Detektivinnen, nein, die die besten Detektivinnen, die jemals in ihrer kleinen Stadt gelebt hatten. Vielleicht sogar die besten Detektivinnen der Welt. Nur gab es da ein kleines Problem: Jedes Mal, wenn die beiden ein Detektivbüro gründeten (mit selbstgebastelten Visitenkarten, Fingerabdruckpulver, Lupen und was man sonst noch alles für ein erfolgreiches Detektivbüro benötigte) gab es keine Fälle, die sie lösen konnten. Es fand sich keine Menschenseele, die eine rätselhafte Erbschaft antrat, ein kniffliges Rätsel lösen musste oder einen Hinweis auf ein gestohlenes Gemälde brauchte. Trotz Visitenkarten, Lupen und Fingerabdruckpulver ließ sich einfach kein einziger Fall an Land ziehen.

„Weißt du, was immer unser Problem war?"

Jenny schüttelte nur den Kopf.

„Wir sind in einem Teufelskreis gefangen!", erklärte Phuong. „Papa hat mir das gesagt. Das ist, wenn sich etwas Schlimmes immer wiederholt. Jedes Mal gründen wir ein Detektivbüro, wir warten auf einen Fall, dann kommt niemand mit einem Fall und wir schließen das Detektivbüro wieder. Dieses Mal müssen wir es anders machen!"

Jenny drehte den kleinen Zettel in ihrer Hand hin und her. Auf der selbstgemachten Visitenkarte stand diesmal nichts von einem Detektivbüro. Stattdessen stand da in Phuongs sauberer Handschrift:

Jenny biss sich unsicher auf die Lippe. „Ich weiß ja nicht – Meisterdiebinnen? Meinst du nicht, dass wir damit ins Gefängnis kommen?"

„Yen sagt, dass Kinder gar nicht ins Gefängnis dürfen." Jenny entspannte sich ein wenig. Yen war Phuongs große Schwester. Sie war mindestens einen Kopf größer, doppelt so stark und dreimal so klug wie Jenny und Phuong zusammen. Und wenn Yen etwas sagte, dann stimmte es immer.

Phuong fuhr überzeugt fort: „Weißt du nämlich, was unser Problem war? Wir haben nie Fälle als Detektive bekommen, weil es keine Fälle gab. Es gibt hier gar keine echten Verbrecher mehr. Keine Diamantenräuber oder Kunstdiebe. Und weißt du, was das heißt?"

„Nein, aber du sagst es mir sicher."

„Wenn es keine Verbrecher gibt, müssen wir eben dafür sorgen, dass es welche gibt. Wir werden selbst welche. Aber nicht irgendwelche Straßenräuber – nein, wir werden Meisterdiebinnen!"

Mit jedem Wort, dass Phuong sagte, löste sich der Knoten in Jennys Hals ein wenig mehr. Es klang doch sehr einleuchtend, was Phuong da erzählte: Wenn Kinder nicht ins Gefängnis kommen durften und es auch gar nicht genügend Gangster, Räuber und Verbrecher gab, dann mussten sie eben selbst Handanlegen. „Jennifer Schmidt und Nguyen Phuong – Meisterdiebe – zu ihren Diensten" klangt langsam nicht mehr so unangenehm wie zuvor.

Doch bevor sich Jenny endgültig warm mit dem Gedanken werden konnte, ihr Detektiv-Leben an den Haken zu hängen und von nun an Meisterdiebin zu sein, flog die Tür auf.

Yen polterte in das Zimmer. Sie sagte nichts. Sie beachtete Jenny und Phuong nicht einmal. Sie kletterte nur die Leiter des Hochbettes herauf und vergrub sich ohne weitere Worte unter ihrer Decke. Ein dumpfes Weinen durchdrang den Raum.

Jenny dachte, dass Yen schon sehr groß und sehr stark war, dass sie immer Recht hatte und manchmal auch gemein sein konnte. Aber sogar die große starke Yen war manchmal auch nur ein Kind, das in den Arm genommen werden wollte.

Phuongs entschlossener Blick verwandelte sich in ein trauriges Glitzern. Ohne ein Wort zu sagen, kletterte sie ebenfalls die Leiter des Hochbettes empor. Jenny tat es ihr gleich. Und so nahmen die beiden Mädchen, die große starke weinende Yen in den Arm.

„Ich habe mir vorgenommen, nicht zu weinen", schluchzte sie. „Ich habe es zurückgehalten. Aber als ich dann hier war, konnte ich nicht mehr. Und jetzt kann ich nicht mehr aufhören."

„Aber was macht dich denn so traurig?" Phuong strich durch Yens schwarzes Haar. Diese hatte immer noch ihren Kopf in das Kissen gedrückt. Ihre Stimme klang dumpf, als sie erklärte: „Eigentlich bin ich gar nicht traurig. Ich glaube – ich habe Angst." Jenny schluckte und Yen erzählte weiter: „Tim hatte gestern in der Schule ein Luftgewehr dabei. Er meinte, ich darf es mir ausleihen, wenn ich es ihm Montag wieder bringe. Aber jetzt ist es weg!" Yen setzte sich auf und wischte sich ihre Tränen aus dem Gesicht. „Ich habe eben damit rumgeschossen. Ich konnte nicht raus, weil es so geregnet hat. Darum dachte ich mir – ja, was weiß ich denn, was ich mir gedacht habe – ich habe im Treppenhaus geschossen. Ich habe versucht die Lampen in jeder Etage zu treffen und gar nicht gemerkt, dass ich in dem 4. Stock gelandet bin."

Jenny und Phuong atmeten beide Ruckartig aus, als sie hörten, was Yen da redete. Jedes Kind im Hochhaus kannte die Geschichten, die sich über den 4. Stock erzählt wurden. Es gab Regeln, die jedes Kind befolgte:

- Gehe niemals bei Nacht an der Eingangstür im 4. Stock vorbei.
- Klingel oder klopfe niemals an der Tür im 4. Stock.
- Pass auf deinen Hals auf, wenn du am 4. Stock vorbeikommst, denn im 4. Stock, wohnt ein Vampir.

Jenny merkte, wie sie zitterte, als Yen die Geschichte weitererzählte: „Ich habe also im 4. Stock auf die Lampe gezielt. Ich wollte gerade abdrücken, als ich ein Ruckeln an der Tür hörte. Es knarrte und bevor ich etwas tun konnte, ging die Tür zur Wohnung im vierten Stock auf. Ich war wie erstarrt vor Angst. Ich hatte vergessen, dass ich ein Luftgewehr in der Hand hielt und ich muss vergessen haben, wie Laufen funktioniert. Wenn ich so drüber nachdenke, dann habe ich bestimmt auch vergessen, wie atmen geht. Ich weiß nur noch, dass dort zwei Augen in dem Dunklen Flur glänzten. Sie gehörten zu einer Frau. Sie war alt und runzlig. Und ihre Haut war so weiß, als sei sie ein Geist oder eine …“ Jenny fühlte, wie sich ihre Nackenhaare aufstellten. „… eine Vampirin?!“

„Genau, eine Vampirin! Sie schimpfte. Sie sagte etwas davon, dass ich frech sei. Ich weiß noch, dass ich stark sein wollte und nicht weinen wollte. Aber alles, was ich wollte, war weinen. Wisst ihr, wie ich das meine?“

Jenny nickte. Sie kannte dieses Gefühl nur allzu gut. Nur bei ihr war es keinen Weinen, dass sie versuchte

IX

zu unterdrücken, sondern dieser Drang einfach wegzulaufen. So oft war Jenny in der Situation, dass sie einfach weglaufen wollte. Nur gleichzeitig wollte sie auch Weitermachen und Strak sein. Es war ein innerer Kampf. Der gleiche Kampf, den Yen heute im 4. Stock in sich ausgefochten hatte.

„Dann riss die Vampirin mir das Luftgewehr aus der Hand und sagte noch etwas, aber ich konnte es gar nicht mehr hören."

„Du konntest es nicht hören?"

„Nein, ich bin so schnell ich konnte hier hergekommen. Und sobald ich unsere Wohnung erreicht hatte, konnte ich nur noch weinen. Es war, als würde eine Fessel von meiner Brust genommen werden."

„Und dein Luftgewehr ist jetzt weg?"

„Tims Luftgewehr ist weg. Was soll ich ihm denn Montag sagen?"

„Ich habe da eine Idee!" Phuong und klopfte ihrer Schwester auf die Schulter. „Ich hole es kurz."

Jenny ahnte, was Phuong holen wollte. Sie stöhnte auf, als Phuong mit einem kleinen Zettel zurückkkam: „Nein, nein, ganz und gar nein. Wir werden das sicher nicht tun."

Yen spitze die Ohren. „Was werdet ihr nicht tun?"

Phuong warf ihr langes schwarzes Haar über die Schulter. „Doch, das werden wir tun. Jenny und ich sind nämlich Meisterdiebinnen – zu deinen Diensten. Und wir werden alles tun, um dieses Luftgewehr zurückzustehlen."

Kapitel 3 –
Wie man sich vor Bösen schützt

Yen weinte nun nicht mehr. Sie war wieder die starke Yen, genau, wie Jenny sie immer gekannt hatte. In Phuongs Augen konnte Jenny wieder diesen entschlossenen Blick erkennen. Wenn ihre beste Freundin eine Idee hatte, war sie nicht mehr davon abzubringen.

„Und wie stellst du dir das vor?", fragte Jenny und versuchte das Zittern in ihrer Stimme zu verstecken. Sie knetete wie verrückt ihren Dino an ihrem Schlüsselband.

„Na, als erstes müssen wir herausfinden, wie wir uns vor Vampiren schützen."

Jenny schaute auf ihre Knie. "Das müssen wir nicht.", sagte sie kleinlaut.

„Entschuldige, was hast du gesagt?"

„Wir müssen nichts mehr herausfinden. Ich weiß schon alles über Vampire." Jenny wollte eigentlich nicht zugeben, dass sie, nachdem sie letztes Jahr mit Mama in das Hochhaus gezogen war, bereits alles über Vampire gelernt hatte. Ihr hatten die Gerüchte aus dem Hochhaus solche Angst eingejagt, dass sie sämtliches Wissen über Vampire in sich aufgesogen hatte. „Vampire hassen Knoblauch. Und sie hassen ihr Spiegelbild, weil sie sich selbst so hässlich finden, dass sie ihren Anblick nicht ertragen können. Und sie hassen silberne Kreuze."

„Kreuze?"

„So Jesus-Kreuze aus Silber"

„Mh, sowas haben wir hier nicht. Meine Eltern

haben keine Religion, weißt du?"

Jenny blinzelte. „Meine Mama auch nicht. Aber wir können aus zwei Stiften und einem Haargummi ein Kreuz Basteln."

Phuong nickte. „Gut! Was weißt du noch?"

„Vampire verbrennen im Sonnenlicht."

„Ha! Das ist doch mal eine Info. Das heißt, wir brechen am Tag ein!"

Nun schaltete sich Yen dazwischen: "Aber wir haben doch gerade Tag. Das hat die Vampirin auch nicht davon angehalten, in das Treppenhaus zu kommen und mir das Luftgewehr wegzunehmen."

„Wie kann denn ein Vampir am Tag seinen Sarg verlassen?", fragte Jenny.

Phuong tippte mit ihrem Finger gegen die Nase und sah nachdenklich aus dem Fenster. Der Regen prasselte gegen die Scheibe. Der sonst so blaue Himmel hatte sich in das gleiche Grau wie der Asphalt verwandelt. „Der Regen!", rief sie aus. „Die Vampirin kann auch Tagsüber heraus, weil es seit einer Woche ununterbrochen Regnet."

Yen nickte zustimmend.

In Jenny machte sich wieder die altbekannte Beklemmung breit. „Also ist es egal, ob wir tagsüber oder nachts einbrechen?"

Und Phuong tat etwas, was Jenny nicht erwartet hätte: Sie lachte. „Na, natürlich brechen wir nicht am Tag ein. Schon vergessen? Wir sind doch Meisterdiebinnen. Unsere Zeit ist die Nacht."

Jenny schluckte und hielt ihren Dino nur noch fester.

Kapitel 4 – Schattenspringer

Der regengraue Himmel hatte sich in eine nasse schwarze Nacht verwandelt. Die Regentropfen waren nicht mehr zu sehen, doch Jenny konnte hören, wie sie unentwegt gegen die Fensterscheibe prasselten. Sie lag ihn ihrem Bett, die Decke bis zu ihrem Kinn gezogen. Ihre Gedanken hörten nicht auf, sich um die Vampirin aus dem 4. Stock zu kreisen.

Phuong lag auf einer Luftmatratze neben ihr. Tagsüber hatte sie hatte schneller einen Plan geschmiedet, als es Jenny lieb gewesen war. Phuong hatte mit ihrer fein säuberlichen Schrift eine To-Do-Liste geschrieben, währen Jenny nur nervös an ihrem Dino-Yenänger hantiert hatte.

„Deine Mama hat einen richtig tiefen Schlaf, richtig?"

Jenny nickte.

„Perfekt, dann fragen wir meine Eltern, ob ich bei dir übernachten kann. Und wenn deine Mutter schläft, schleichen wir uns aus der Wohnung."

„Aber ist das dann nicht sowas wie Betrug?"

„Ja, auf jeden Fall! Aber hast du schon vergessen, dass wir jetzt Meisterdiebinnen sind? Und Diebe dürfen lügen und betrügen."

Jenny bekam Bauchschmerzen bei dem Gedanken, sagte aber nichts weiter. Ihre Freundin ließ sich nicht beirren und fuhr mit ihrer Planung fort: „Wir nehmen Knoblauch aus der Küche und machen uns mit Schnüren Halsketten daraus. Außerdem habe ich noch zwei Gilzer-Stifte. Die bauen wir zu einem Silber-Kreuz zusammen. Wir brauchen Taschenlampen. Und deine

Mutter hat doch so einen Handspiegel im Bad, richtig?"

„Richtig… und wie willst du in die Wohnung kommen? Denkst du, die Vampirin lässt uns einfach rein?"

An dieser Stelle hatte sich Yen dazwischengeschaltet. „Vielleicht kann ich euch helfen." Sie holte ihr Handy hervor (denn Yen hatte schon ein Handy und sie zögerte nie, damit anzugeben). „Hier ist ein Video darüber, wie man mit einer Kreditkarte Türen öffnet."

„Danke! Das wird uns auf jeden Fall helfen!", hatte Phuong gesagt. Jenny hatte nur noch daneben gesessen. Sie hatte nicht mehr widersprochen. Und nun lag sie hier, mit weit aufgerissenen Augen. Mit starrem Blick an die nachtschwarze Decke.

„Bist du auch so aufgeregt?", flüsterte ihr Phuong zu.

„Ja!"

„Ich auch!"

Jenny glaubte nicht, was sie da hörte „Was? Du bist aufgeregt?"

„Natürlich. Aber es ist ein gutes Aufgeregt sein. Eins, dass mir Kraft gibt. Ich meine, ich habe Angst. Aber irgendwie ist das auch ein richtig gutes Gefühl. Weißt du, was ich meine?"

Jenny wusste absolut kein bisschen was Phuong meinte. Jenny hatte einfach nur Angst. Sie wollte ihren Kopf unter der Decke vergraben und nie wieder hervorkommen.

Nachdem die Mädchen einige Zeit dagelegen hatten, kam Jennys Mama in das Zimmer, um ihnen eine gute Nacht zu wünschen. „Schlaft gut, meine Mäuse.

Seid nicht mehr zu lange wach und erzählt euch keine Gruselgeschichten! Sonst könnt ihr nicht mehr schl…"

„Ja, wir schlafen sofort. Wir machen nichts Gruseliges. Ehrenwort!" Phuong antwortete so schnell, dass Jennys Mama nicht einmal ausreden konnte. Nachdem Mama noch Gute-Nacht-Küsse verteilt hatte, ging sie selbst ins Bett. Genau in dem Moment, schaltete Phuong ihre Taschenlampe ein.

Jenny hatte Angst vor dem, was sie im 4. Stock erwarten würde. Und dennoch sprang sie über ihren Schatten. Denn was sie noch weniger wollte, als in die Wohnung in den 4. Stock einzubrechen, war Phuong allein gehen zu lassen. Denn auch wenn Jenny ständig Angst hatte, wusste sie, dass es gemeinsam mit Phuong weniger schlimm war.

Kapitel 5 – Licht und Schatten

Das Treppenhaus zog sich wie der dunkle Rachen eines Ungetüms vor ihren entlang. Um unentdeckt zu bleiben, hatten Phuong und Jenny beschlossen, das Licht im Treppenhaus nicht einzuschalten. Stattdessen wollten sie die Taschenlampen verwenden. So wagten sie sich Schritt für Schritt die Treppe aus dem 21. Stock in den 4. Stock herunter.

„Aber keine Experimente!", flüsterte Jenny. „Keine Untersuchungen, keine Detektivarbeit. Wir sind Meisterdiebinnen. Das heißt, wir gehen in die Wohnung, nehmen das Luftgewehr und dann gehen wir wieder."

„Versprochen, keine weiteren Untersuchungen. Wie gehen rein und sofort wieder –"Phuong verstummte abrupt. Ein Jaulen drang durch das Treppenhaus. Es drang durch ihre Ohren und schnitt ihnen durchs Mark. Jenny spürte, wie sich ihr Körper anspannte. „Was war das?"

„Ich weiß es nicht." Zum ersten Mal schien auch Phuong auch Angst zu haben. „Vielleicht nur der Wind, der durch ein Fenster pfeift?"

„Vielleicht ist es das", versuchte sich Jenny selbst zu beruhigen. „Oben ist ein Loch in einem der Fenster. Es regnet ständig rein."

„Ja, das wird es sein. Das ist nichts Gruseliges, wovor wir uns fürchten müssen. Wir haben das Kreuz, und den Knoblauch und dem Spiegel." Phuong deutete auf die Ketten aus Knoblauch, die die Freundinnen heute Nachmittag noch zusammengewurstelt hatten.

Jenny mit dem Kreuz und Phuong mit dem Spiegel bewaffnet, schlichen sie die Stufen herunter. Von Atemzug zu Atemzug kamen sie der Wohnung im 4. Stock näher. Ihr Herzschlag wurde schneller.

Im 4. Stock angekommen, roch es nach Moder und nach Verfall und nach verfaulten Lebensmitteln. Jenny wurde schlecht. Sie hielt mit ihrer rechten Hand das Kreuz aus Stiften fest umklammert, mit der linken hielt sie die Taschenlampe. Wenn sie eine dritte Hand gehabt hätte, hätte sie ihren Dino-Yenänger umfasst.

„Hast du die Kreditkarte?", flüsterte Phuong. Jenny nickte. Sie hatten vorhin Mamas Kreditkarte aus ihrer Geldbörse gefischt. Phuong begann mit der Kreditkarte in der Spalte zwischen Tür und Türrahmen herumzustochern. Sie streckte dabei ihre Zunge raus und es sah im Licht der Taschenlampe beinahe so aus, als würde sie witzige Grimassen schneiden.

„Bitte, bitte, geh auf", sagte Jenny und hoffte insgeheim, dass die Tür nicht aufgehen würde.

Doch bevor Phuong ihrem Ziel auch nur ein Stückchen näherkam, schaltete jemand das Licht im Treppenhaus an. Gleißend helles Licht überströmte Phuongs Gesicht. Ihre Haut wirkte merkwürdig blass.

Fußtritte schallten durch das Treppenhaus. Jemand war unten eingetreten und ging jetzt die Treppe hoch.

„Oh weh, oh weh, oh weh. Phuong, da kommt jemand! Oh nein, was machen wir denn jetzt? Die werden doch sehen, dass wir versuchen in die Wohnung einzubrechen. Beeile dich!"

„Ich tu ja schon, was ich kann."

Die Schritte wurden lauter. Sie kamen näher. Phuong stocherte schneller in dem Türspalt herum. „Na los, beweg dich doch!" Die Schritte waren nun so laut, dass Jenny sich sicher war, die Person würde in der nächsten Sekunde um die Ecke biegen. „Und dann sieht diese Person, dass wir Diebinnen sind", dachte Jenny noch. Dann tat sie das Einzige, was ihr in dieser Situation einfiel. Sie gab ihrem Dino einen Kuss. Wieder für mehr Mut und auch für mehr Glück. Ob es nun Zufall war, Phuongs Geschickten Hände oder der Glücks-Kuss, gerade als der Schatten des nächtlichen Besuchers zu erkennen war, ging mit einem Klicken die Tür auf. Jenny und Phuong fackelten nicht lange. Um nicht erwischt zu werden, sprangen sie sofort in die Wohnung. Hinter sich zogen sie die Tür zu. Nun waren sie allein mit ihren Taschenlampen in der Dunkelheit.

Kapitel 6 – Die Vampirin

Phuong ließ den Lichtkegel der Taschenlampe durch das Zimmer gleiten. In einem Regal standen Gläser, in die jemand Flüssigkeit in allem möglichen Farben gefüllt hatte. Hinter die Tür hatte die Vampirin so viele Besen gestellt, wie Jenny sie noch nie in an einer Stelle gesehen hatte. Bestimmt acht oder neun. Eine Spinne hatte ihr Netz zwischen die Stiele gesponnen. An der Garderobe hingen Mäntel in Violett und Mitternachtsblau, bestickt mit goldenen Sternen. Auf dem kleinen Kaffeetisch vor dem Sofa lagen Kugeln, die aus Glas bestanden. Das Zimmer war mit allerhand so sonderbarem Kram gefüllt, aber Yens Luftgewehr war nirgendwo zu finden.

Phuong leuchtete mit der Taschenlampe auf die bunten Einmachgläser im Regal. Die Flüssigkeiten darin leuchteten in allen Farben auf. Einige der Gläser standen offen und ein modriger Geruch strömte aus ihnen heraus. Jenny rümpfte die Nase. Damit schien sich auch zu erklären, woher der ekelhafte Gestank kam. Er verteilte sich im Raum und setzte sich an Jennys braunen Haaren fest.

Phuong trat näher heran, um sich die Gläser genauer anzusehen. „Was ist das hier für ein Ort?"

„Hey", protestierte Jenny mit flüsternder und dennoch scharfer Stimme. „Du hast versprochen, dass du nichts untersuchst! Wir suchen nur das Luftgewehr!"

„Jaja, ist ja schon gut. Aber ich befürchte, hier ist es nicht."

Jenny deutete auf eine Tür. „Hier gibt es noch mehr Räume." Sie fasste fester das Kreuz an, Phuong wappnete sich mit dem Spiegel. Der Geruch von Knoblauch von den selbstgebastelten Ketten lag in der Luft. Jenny legte ihre Hand auf den Türgriff. Sie hatte Angst vor dem, was sich hinter dieser Tür verbregen könnte. Vielleicht ein dunkler Raum, wie eine Gruft, indem die Vampirin in einem Sarg schlief. Jenny sammelte all ihre Kraft zusammen, um den Türgriff herunterzudrücken. Doch genau in dem Moment, als sie die Tür mit einem knarren öffnen wollte, spürte sie, wie etwas ihr Bein berührte. Jenny fuhr zusammen. So schnell sie konnte, leuchtete sie mit der Taschenlampe auf den Boden. Da waren große gelbe Augen. Ein Miauen klang durch das Zimmer. „Nur eine Katze!", atmete Jenny auf. „Eine sehr süße kleine schwarze Katze! Uff, hast du mich erschreckt kleine Mieze!"

„Hey!" Phuong hatte eine Idee. „Als du dieses Kratzen gehört hast. War das vielleicht unser kleines Fellknäul hier?"

„Vielleicht."

„Wir sollten dennoch nicht die Möglichkeit außer Betracht lassen, dass hier noch eine Vampirin rumläuft."

Jenny nickte. Dennoch schien die Anwesenheit einer süßen Katze die Angst ein wenig zu vertreiben.

Jenny gab sich einen Ruck und öffnete die Tür. Hinter ihr lag ein Schlafzimmer. Die Wände waren mit erschreckendem Bilden behangen. Bilder von Werwölfen, von Skeletten und Sensenmännern. An den Fenstern hingen schwarze Vorhänge aus Samt, die wie das Fell der Katze schimmerten. Was Jenny wunderte, war, dass kein Sarg in der Mitte des Raumes stand, in dem

Vampire für Gewöhnlich schliefen. Stattdessen stand dort ein Bett – ein ganz normales Bett.

Ein sanftes Atemgeräusch drang an Jennys Ohr. In dem Bett lag jemand. Die alte Frau. Ihr weißes Haar floss über ihr Kissen. Während sie dort lag und träumte, sah sie fast friedlich aus. Aber Jenny wusste genau, dass dort die Vampirin lag.

Phuongs Interesse galt nicht der alten Vampirin. Sie leuchtete mit der Taschenlampe auf eine Stelle unter dem Bett. Denn dort lag Yens schmerzlich vermisstes Luftgewehr. Auf leisen Sohlen schlich sich Phuong näher an das Bett heran. Sie war gerade nah genug an dem Bett, um das Luftgewehr erreichen zu können. Ihre Finger berührten schon den Lauf. Gleich würde sie es packen können.

Währenddessen starrte Jenny die alte Frau an. Und plötzlich starrte die alte Frau zurück. Sie hatte ihre Augen geöffnet und ihre Augen funkelten wie die einer wilden Löwin.

Phuong, die gerade noch dabei gewesen war nach dem Luftgewehr zu greifen, richtete sich blitzschnell auf. Sie bewahrte einen Kühlen Kopf und richtete den Spiegel auf die Vampirin. Jenny dagegen war gelähmt vor Angst. Vorhin hatte sie noch gedacht, dass sie noch nie so große Angst in ihrem leben gehabt hatte. Doch das stimmte nicht. Der Moment ihrer größten Angst war genau jetzt.

Die Vampirin blinzelte nicht, sie drehte nur ihren Kopf, so dass sie die Kinder in ihrem Blick haben konnte.

„Jenny! Das Kreuz!", zischte Phuong.

IVIX

Jennys Schockstarre löste sich bei dem klang von Phuongs Stimme. Ihre Finger verloren ihrer Taubheit und sie konnte sich wieder bewegen. Das Kreuz! Sie hatte es die ganze Zeit in der Hand gehalten. Ohne weiter nachzudenke, erhob sie es. Das Licht der Taschenlampe traf auf das silberne Kreuz. Das Licht schien auf die silberfarbenen Facetten der Glitzerstifte. Das Licht brach sich in tausende heller Lichtpunkte, die durch den Raum schwirrten wie Glühwürmchen. Die Vampirin staunte für einen Moment über das silberne Lichtspiel und dann lachte sie nur. Langsam richtete sie sich auf. Das Lachen aus ihrer Kehle klang boshaft. Ihre langen bleichen Finger zogen sich durch das Bettlaken. Jenny konnte genau die Warzen auf ihren Fingern sehen. Die Vampirin ließ ihren Nacken knacken. Weder der Spiegel noch das Kreuz schienen irgendeine Wirkung auf sie zu haben.

„Was habt ihr Gören in meiner Wohnung zu suchen?" Die Vampirin stand nun auf. An ihrem Körper wallte ein langes Nachtgewand, dass sich wie ein Geistertuch um ihre Haut legte. Während sie sich erhob, schienen Schatten um sie herum zu tanzen. Das Licht der Taschenlampe flackerte, fast als würde es vor Angst zittern.

„Lauf!", kreischte Jenny. Das Luftgewehr war ihnen egal. Sie mussten so schnell wie möglich vor der Vampirin fliehen. Doch gerade, als Jenny die Tür erreichte, machte die Vampirin eine Handbewegung. Ein Windstoß brauste durch das Zimmer und die Tür schlug zu. Jenny rüttelte am Griff. Doch wie durch Zauberhand ließ sich die Tür nicht mehr öffnen. Phuong und sie waren eingesperrt. Sie waren eingesperrt mit einer Vampirin.

Jenny ließ die Taschenlampe und das Kreuz fallen. Das Einzige, was sie noch tun konnte, war sich ganz fest an Phuong zu klammern. Und auch wenn Phuong viel mutiger als sie selbst war, würde auch Phuong die beiden nicht mehr retten können.

Die Vampirin ging auf die Mädchen zu. Mit jedem Schritt schien sie größer zu werden.

Phuong begann vor sich hin zu wimmern: „Bitte, wir wollten Sie gar nicht stören. Wir wollten nur das Luftgewehr zurückholen. Bitte, Frau Vampirin."

„Wie bitte?" Die Vampirin blieb abrupt stehen. Im Schein der Taschenlampe konnte Jenny einen fragenden Ausdruck in ihrem Gesicht sehen.

„Das Luftgewehr", versuchte Phuong zu erklären. „Sie haben es meiner Schwester weggenommen und wir wollten es zurück stehlen. Wir sind nämlich Meisterdiebe, wissen sie."

„Entschuldige, was redest du denn da, junge Dame?" Die Stimme der Vampirin war krächzend, aber nicht mehr so voller Bosheit wie ihr Lachen es gewesen war.

Phuong verlor sich in ihren Erklärungen: „Wir wollten immer schon Detektivinnen werden. Aber niemand hat uns angeheuert. Darum sind wir jetzt Meisterdiebinnen. Und wir wollten Sie auch gar nicht stören, sondern nur das Luftgewehr holen."

Jenny stimmte nun in die gewimmerten Erklärungen von Phuong mit ein: „Ja, es stimmt, was sie sagt. Wir wollten sie nicht ärgern. Bitte, machen sie uns nicht auch zu Vampiren!"

„Vampire? Sagt mal, ihr Kinder. Denkt ihr denn wirklich, dass ich ein Vampir bin?"

„Das sagen zumindest die anderen Kinder im Hochhaus." Jenny zog den Schleim in ihrer Nase hoch.

Wieder lachte die Vampirin. Nur diesmal war es ein belustigtes, ja beinahe fröhliches Lachen. „Na, das wundert mich nicht, dass ihr keine Detektivinnen geworden seid. Ganz clever seid ihr ja nicht gerade. Ich bin ganz gewiss keine Vampirin."

Nun waren es Jenny und Phuong, auf deren Gesicht ein Fragezeichen stand.

„Heißt das, dass sie einfach nur eine freundliche alte Dame sind?"

Die Frau schlug sich mit der Hand gegen die Stirn. „Sagt mal, Kinder, habt ihr nicht die Umhänge im Wohnzimmer gesehen? Und die Zaubertränke? Und die schwarze Katze? Und die Besen?"

„Doch aber…"

„Ja, was glaubt ihr denn, was ich bin?"

„Das sagten wir ja schon, wir dachten, dass Sie eine Vampirin sind."

„Ach zum Teufel mit euch! Ich bin eine Hexe!"

Beschämt sahen Phuong und Jenny auf den Boden.

„Na, Mädchen, lass den Kopf nicht hängen. Ihr seid zwar wirklich nicht clever. Aber ihr seid dafür umso mutiger. Du" – sie zeigte auf Phuong – „bist mutig, weil du vor nichts Angst hast. Und du" – sie deutete mit ihrer warzigen Hand auf Jenny – „Du bist mutig, weil du Angst hattest und dich ihr gestellt hast." Die Mädchen sagten nichts. „Na gut, Detektivinnen werdet ihr wohl nicht mehr werden. Und Diebinnen bestimmt auch nicht. Nun, ich sag euch, was ihr werden könnt: Kommt ab jetzt jede Nacht von Samstag auf Sonntag hier her und ich werde euch zu echten Hexen machen."

Jenny fielen fast die Augen aus dem Kopf. „Sie wollen und zaubern beibringen? Und uns zu echte Hexen machen?"

„Echte Hexen!"

„Aber das ist ja noch viel besser als Detektivinnen und Meisterdiebinnen zusammen.", rief Phuong freudig aus.

„Aber natürlich ist es das, ihr kleinen Mädchen. Wartet mal, ich habe hier noch was für euch rumliegen."

Mit diesen Worten fischte die Hexe einen kleinen rechteckigen Zettel aus ihrer Nachttischschublade. Sie streckte den Zettel mit ihren runzligen fingern den Mädchen entgegen. Es war eine Visitenkarte:

Der Fluch vom Schlern

Eine südtirolerische Gruselgeschichte

VERENA EBNER

Es war eine kalte, neblige Oktobernacht, als Toni von der Alm hinunter ins Dorf ging. Die Fichten standen schwarz und unheilvoll gegen den Nachthimmel, und der Wind pfiff so scharf, dass er mehr als einmal eine Gänsehaut bekam.

„Es werd schun nix sein," murmelte er, doch das unheimliche Gefühl ließ ihn nicht los. Im Dorf hatten die Alten in der letzten Woche viel gemunkelt. Es hieß, dass der Fluch vom Schlern wieder erwachen würde, wenn niemand die Kerzen an Allerseelen entzündete. Toni wollte nicht an solche alten Märchen glauben, doch etwas in der Luft fühlte sich an diesem Abend falsch an.

Als er das Dorf erreichte, war es still. Das Wirtshaus lag am Ende der Gasse, das einzige Haus, das noch Licht ausstrahlte. Drinnen saßen die Männer am runden Tisch, und es wurde leise geredet. Toni trat ein, schüttelte den Regen von seinem Hut und ging zum Tresen. Der Wirt, der alte Hannes, begrüßte ihn mit einem Nicken.

„Ah, Toni, bisch wieder obm af dor Olm? On dor Nordsait werds wirklich gruslig um de Johreszeit!" brummte der Wirt und wischte mit einem alten Lappen über den Tresen.

Toni nickte.

„Jo, hel stimp schun, ober wos wilsch mochen … Die Pamper brauchn Fuater, a donn wenn dor Oltweibersummer net kimp."

Er setzte sich auf den nächsten Stuhl und bestellte sich einen Most. Am Tisch wurde es kurz still. Ein paar der Männer sahen zu ihm herüber und flüsterten, doch einer, der alte Lorenz, ein Bauer aus den oberen Höfen, erhob die Stimme.

„Ou Toni, pass lai auf! Des mitn Schlern isch net lai a Gschicht. Olle wissen, dass sich di Woldtaifl wiedor regn, wenn mor net aufpassn. Die Seelen fa de, de kuane Kerz unzinden, finden kuan Frieden!" Er setzte seinen Krug auf den Tisch und sah Toni mit ernster Miene an.

„A Kerz? Dai dai, des isch jo lai a Balla, de di olten Seckl dorfinden, dormit di Lait wieder brav Kirchn gian", entgegnete Toni und schüttelte den Kopf. „Iatz in insror modernen Zait megsch decht nimmer so an Bledsinn glabm."

Lorenz stand auf und ging auf Toni zu. „Werd net frech. De oltn Gschichtn werdn do pa uns dorholtn und sain no am Lebm und wenn net Obocht gibsch, wersch schun segn, wos mit dir passiert. Jeds Johr, wenn olls in Ordnung wor, hot jemand di Liachtlen ungezindet ober iaz … huier hot sich niamend psunnen."

167

Der Wirt, der hinter der Theke stand, mischte sich ein. „Hebs di Gosch! Des Getschattschere bring lai Unhoal." Dann wandte er sich an Toni. „Ober wo dor Lorenz recht hot, hot er recht. Des mit di Kerzn zu Ollerseelen wor olm schun so. Besser isch du mochsches." Er beugte sich näher zu Toni und flüsterte: „I konns dor net genau dorklären, ober wenn di Dunklheit kimp, nor segmor Sochen, de mor liaber net segn welln."

Toni lachte kurz auf. „Jo jo, es mit enkre Märchen do. I brauch an Leps und a ruhigs Eckele und nix ondersches." Er drehte sich um und sah die anderen Männer an, die ihn immer noch finster musterten. Eine seltsame Stille legte sich über den Raum, als hätte die Luft selbst plötzlich eine andere Dichte bekommen.

„Toni, iatz pass auf," sagte der Wirt plötzlich wieder ernst. „Fa mir kreigsch gor nix mehr zan saufn, wenn dein Orsch iaz net aussi bewegsch. Des isch net za spaßen. Iaz geasch aussi und zindesch di Kerzlen un. Ober net lai pa dain Hof, sundern a in dor Bergkirch."

Toni seufzte und zuckte mit den Schultern. „I gea jo schun! Bevors di Haigobeln außerholts."

Die Männer grinsten nicht, sondern schüttelten weiterhin den Kopf. „Wersch schun segn, wenn net folgsch."

Als Toni sich verabschiedete und wieder in den Nebel hinaustrat, hatte sich die Atmosphäre noch weiter verdüstert. Es war still, unheimlich still. Selbst der Wind, der vorhin noch pfiff, schien aufgehört zu haben. Er ging die Gasse hinunter, und je näher er seinem Hof kam, desto unruhiger wurde er.

Obwohl er nicht an Geister glaubte, begannen seine Gedanken um die alten Geschichten zu kreisen. Was, wenn doch etwas Wahres daran war?

Er erreichte den Hof und suchte nach den Kerzen, die traditionell vor die Haustür gestellt wurden, um die Seelen der Verstorbenen zu leiten. Aber diesmal war keine einzige Kerze zu sehen. Sein Vater hatte immer darauf geachtet, aber seit er im Frühjahr gestorben war, hatte niemand mehr die Tradition fortgesetzt. Toni dachte einen Moment lang nach und entschloss sich dann, doch eine Kerze anzuzünden, nur um sicherzugehen. Er ging in den Stall, wo er wusste, dass seine Mutter die Kerzen aufbewahrte.

Gerade als er die Kerze aufstellen wollte, hörte er ein Geräusch – ein seltsames, kratzendes Geräusch, das aus dem nahen Wald zu kommen schien. Er hielt inne und lauschte. Das Geräusch wurde lauter. Es klang, als würde etwas Großes durch das Unterholz brechen.

„Wos isch des?" murmelte er und ging ein paar Schritte auf den Waldrand zu. Da, plötzlich, sah er etwas: Im Nebel tauchten schemenhafte Gestalten auf. Sie bewegten sich langsam, fast gleitend, als gehörten sie nicht ganz zu dieser Welt.

„Ah gea, so a scheiß, do werd i no gonz narrisch!" fluchte Toni und wollte zurück zum Haus rennen, doch seine Füße schienen am Boden festzukleben. Die Gestalten kamen näher. Ihre Umrisse wurden klarer, und Toni erkannte, dass sie keine Menschen waren. Es waren Schatten, dunkle, formlos wirkende Wesen mit glühenden Augen.

❦

„Iatz isch Schluss!" schrie Toni, doch seine Stimme wurde vom Nebel verschluckt.

In Panik zündete er die Kerze an und stellte sie auf die Schwelle seines Hauses.

„So! Do hobs enkre Kerzn! Ober de bringen a nix, weils enk gor net gib!" Er schrie in den Nebel hinein, doch die Schatten kamen weiter auf ihn zu.

Plötzlich hörte er eine leise Stimme, die wie aus einer anderen Welt zu kommen schien. „Hobm di Olten recht kopp, Toni? Hosch dain Glaubm vorlorn?"

Er drehte sich um, doch niemand war zu sehen. Die Stimme schien von überall zu kommen, und die Gestalten im Nebel näherten sich immer weiter. Er konnte jetzt ihr Flüstern hören – seltsame, unverständliche Worte, die in der Luft schwebten. Sein Herz schlug wie verrückt, und seine Hände zitterten.

Dann, plötzlich, war alles vorbei. Die Gestalten verschwanden so schnell, wie sie gekommen waren, und der Nebel lichtete sich. Toni stand wie versteinert da, die Kerze flackerte noch leicht im Wind.

Am nächsten Morgen, als er ins Dorf zurückkehrte, traf er auf den alten Lorenz, der ihn nur wissend ansah. „Aha, sigsches! Iaz woasch wor mor moanen."

Toni nickte langsam. „Jo... iatz woaß i's."

Das Haus der kleinen Wunder

RUBY LARUE

Es war ein regnerischer Tag im Herbst, als die Familie Meisner in das alte Haus am Stadtrand zog. Herr Meisner, seine Frau Erika und ihre zehnjährige Tochter Clara hatten das Haus für einen Spottpreis bekommen. "Ein Schnäppchen!", hatte Herr Meisner triumphierend verkündet, als er den Vertrag unterschrieb. Niemand fragte, warum das Haus so günstig war. Niemand wollte es genauer wissen.

Die Nachbarn, so die Maklerin, sagten nur Gutes über das Haus. „Es ist ein wunderbares Haus", hatte sie gesagt, mit einem Lächeln, das irgendwie zu breit war, „es wird Sie überraschen."

Am ersten Tag regnete es unaufhörlich, und die Meisners verbrachten die Zeit damit, Kisten auszupacken und Möbel zu arrangieren. Clara war die Erste, die das Gefühl hatte, dass irgendetwas nicht stimmte. Sie stand im Flur, als sie hörte, wie hinter ihr eine Tür zuschlug. Aber als sie sich umdrehte, war da niemand. Nur der Regen, der gegen die Fenster klopfte.

"Clara, hilf uns mit den Kartons!" rief ihre Mutter aus der Küche, und Clara zuckte zusammen. Sie hatte sicher nur geträumt.

Am nächsten Tag begann es.

Clara war gerade auf dem Weg in die Schule, als sie den neuen Regenmantel anzog, den ihre Mutter ihr gekauft hatte. Er war rosa, glänzend und roch noch nach dem Geschäft. Sie mochte ihn nicht sonderlich, aber es war besser als nass zu werden. Sie schlüpfte in die Ärmel, zog den Reißverschluss hoch – und mit einem Mal war der Regenmantel enger. Zu eng. So eng, dass sie kaum atmen konnte.

"Mama!" rief sie, während sie verzweifelt versuchte, sich zu befreien. Der Mantel schien sich um sie zusammenzuziehen, als hätte er ein Eigenleben. Ihre Mutter kam in den Flur gerannt und sah, wie Clara sich auf den Boden warf, den Hals im Griff des Mantels.

"Was machst du denn da?" fragte Frau Meisner erschrocken, und sie half Clara, den Mantel auszuziehen. Aber als sie ihn endlich abbekamen, sah er völlig normal aus – locker, glatt und weit wie eh und je.

„Das war komisch", murmelte Clara, während sie schwer atmend auf dem Boden saß. Aber ihre Mutter winkte ab.

„Vielleicht hast du ihn falsch angezogen", sagte sie, obwohl Clara wusste, dass das nicht stimmte. Sie hatte nichts falsch gemacht. Der Mantel hatte sie festgehalten.

Doch das war nur der Anfang.

Am Abend, als die Meisners am Tisch saßen und zu Abend aßen, bemerkte Herr Meisner etwas Seltsames. Der Braten, den Erika gemacht hatte, sah irgendwie anders aus. Er war noch nicht einmal angeschnitten, doch es schien, als würde das Fleisch sich leicht bewegen, so als würde es atmen. Er blinzelte. Vielleicht war es nur der Schatten der Kerze auf dem Tisch?

"Was ist los?" fragte Erika, die seinen Blick bemerkte.

"Ach, nichts. Es sah nur... lebendig aus." Er lachte, aber der Braten hörte nicht auf, sich leicht zu winden.

Clara starrte auf ihren Teller. Die Kartoffeln rollten sanft hin und her, als ob sie ein Eigenleben hätten, und die Erbsen hüpften fröhlich in ihrem Saft. Sie stieß eine Erbse mit der Gabel an und sah zu, wie sie sich selbstständig machte und von ihrem Teller sprang.

„Was –?" begann sie, doch in dem Moment schoss der Braten plötzlich vom Tisch und landete mit einem dumpfen Klatschen auf dem Boden.

Erika schrie, sprang auf und starrte entsetzt auf das Fleisch. Es lag still, wie ein toter Klumpen, aber für einen Moment hatte es sich bewegt. Das war kein Zweifel.

Herr Meisner kniff die Augen zusammen, als hätte er sich überlegt, ob er lieber glauben sollte, was er gerade gesehen hatte, oder nicht. Schließlich räusperte er sich und sagte: „Es muss irgendwie... gerutscht sein."

Aber keiner glaubte ihm wirklich.

Die Tage vergingen, und das Haus wurde immer unheimlicher. Die Dinge begannen sich ohne Erklärung zu bewegen. Stühle rückten mitten in der Nacht über den Boden, Türen schlossen sich von allein, und immer wieder war da dieses seltsame Flüstern in den Wänden, als würden die Dielen leise miteinander sprechen. Clara hörte es am häufigsten. Es klang fast wie kleine Kinder, die miteinander tuschelten, aber sie konnte nie ganz verstehen, was sie sagten.

Eines Nachmittags entdeckte sie ein seltsames kleines Zimmer am Ende des Flurs, das sie vorher noch nie gesehen hatte. Es war kaum größer als eine Besenkammer und darin befand sich nur eine winzige, hölzerne Truhe. Neugierig ging Clara hinein und öffnete die Truhe. Darin lag ein Bündel merkwürdiger Gegenstände: alte Puppenteile, ein verrosteter Schlüssel, ein kaputter Spiegel. Doch das Seltsamste war eine kleine, vergilbte Spieluhr, die aussah, als wäre sie Hunderte von Jahren alt.

Clara nahm die Spieluhr vorsichtig heraus und drehte den Schlüssel auf der Rückseite. Sofort begann eine verstörende Melodie zu spielen, die wie das wimmernde Summen einer weinenden Geige klang. Clara wollte die Spieluhr zurücklegen, doch als sie in den Spiegel blickte, sah sie nicht sich selbst. Stattdessen sah sie ein junges Mädchen, etwa in ihrem Alter, das direkt hinter ihr stand.

Mit einem Schrei ließ Clara die Spieluhr fallen und rannte die Treppen hinunter. Aber als sie unten ankam, war alles wieder still. Kein Mädchen. Keine Spieluhr.

Clara erzählte ihren Eltern nichts davon. Sie wusste, dass sie es nicht glauben würden. Und irgendwie wusste sie auch, dass es nur schlimmer werden würde, wenn sie es erwähnte.

In der Nacht hörte sie das Mädchen wieder. Es war ein leises Flüstern, das aus den Wänden kam, aber dieses Mal klang es nicht wie ein Gespräch. Es war ein Ruf.

„Clara… Clara…"

Sie drückte sich in ihr Bett und hielt die Decke fest, aber das Flüstern ließ nicht nach. Schließlich, nach endlos scheinenden Minuten, verstummte es. Doch Clara konnte nicht mehr schlafen.

Am nächsten Morgen sprach das Haus lauter zu ihnen. Die Türen knallten, das Besteck fiel vom Tisch, und der Wasserhahn in der Küche begann, schwarze Flüssigkeit zu spucken. Die Familie war am Rande der Verzweiflung.

„Wir müssen hier raus", sagte Clara mit einem Ton, der keine Widerrede duldete. Aber Herr Meisner schüttelte den Kopf.

„Das ist alles nur Zufall. So alte Häuser sind… eigen. Wir werden uns schon daran gewöhnen."

Doch sie gewöhnten sich nicht daran. Denn das Haus wollte sie nicht gehen lassen.

Als Clara und ihre Eltern an diesem Abend zu Bett gingen, hörten sie das Haus atmen. Türen schlossen sich wie von selbst, die Wände ächzten, und die Böden unter ihren Füßen fühlten sich plötzlich weich an. Es war, als ob das ganze Gebäude lebendig war, als würde es sie einschließen, einfangen, festhalten.

Und dann… verstummte es.

Die Meisners waren nicht mehr zu sehen.

Das Haus, das so viele kleine Wunder bereitgehalten hatte, stand still da, wartend. Wartend auf die nächste Familie, die nicht hören wollte.

⚜

Das Kind im Spiegel

NYX EVERNIGHT

Das alte Haus stand einsam auf dem Hügel, umgeben von Wäldern, die wie stille Zeugen vergangener Tage wirkten. Es war ein verwittertes Anwesen, umhüllt von einem Mantel aus Moos und Ranken, die sich wie alte, gebrechliche Finger über die Steine zogen. Als Anna und Jakob das Haus zum ersten Mal sahen, fiel ihnen die Stille auf. Es war eine Stille, die nicht nur von der Einsamkeit der Natur kam, sondern von etwas Tieferem, einem Schweigen, das in den Mauern selbst zu leben schien.

"Es ist perfekt", hatte Anna gesagt, als sie in den Flur traten, der nach altem Holz und verstaubtem Leinen roch. Jakob, wie immer optimistisch, nickte nur und umarmte sie. Dies sollte ihr Neuanfang sein – nach all den Jahren in der Stadt, nach den Kämpfen und Verlusten, wollten sie hier ein einfaches Leben beginnen. Ein altes Haus, abgeschieden und ruhig, sollte ihnen helfen, die Wunden zu heilen.

Sie wussten nicht, dass das Haus seine eigenen Wunden hatte.

Die ersten Wochen vergingen ruhig. Sie richteten sich ein, malten Wände neu, entfernten alte Möbel und brachten frischen Wind in die staubigen Räume. Doch es war nicht alles, was sie wegschaffen konnten. Einige Dinge blieben. Wie der Spiegel.

Er war hoch und schwer, stand am Ende eines Korridors im Obergeschoss, fast verborgen hinter einer dicken Schicht Staub. Anna hatte ihn beim ersten Betreten des Hauses kaum beachtet, doch eines Tages, als das Licht des späten Nachmittags ihn direkt traf, fiel ihr Blick darauf. Der Spiegel war alt, der Rahmen aus dunklem Holz kunstvoll geschnitzt. Ranken und Blüten, die längst nicht mehr existierten, umschlangen den Rand wie ein Erinnerungsstück aus einer anderen Zeit.

„Er gehörte einem Mädchen", sagte Jakob, der sich einige Geschichten über das Haus von den Dorfbewohnern angehört hatte. „Es heißt, sie sei hier gestorben, als sie noch jung war. Irgendwann vor vielen Jahrzehnten."

Anna stand vor dem Spiegel, betrachtete ihr eigenes Spiegelbild. Die Oberfläche war trüb, als hätte der Spiegel die Jahre des Stillstands ebenso gealtert wie das Haus selbst. „Ein Mädchen?", fragte sie leise. „Was ist mit ihr geschehen?"

Jakob zuckte mit den Schultern. „Die Leute hier erzählen viele Geschichten. Manche sagen, sie sei gestürzt, andere behaupten, sie sei an einer Krankheit gestorben. Das Übliche in alten Häusern. Jeder Ort hat seine Geister."

Anna fühlte einen seltsamen Stich, als er das sagte. „Und der Spiegel?"

„Er blieb zurück. Niemand wollte ihn mitnehmen. Vielleicht, weil er zu schwer ist." Jakob lachte kurz, doch Anna blieb ernst. Sie konnte nicht sagen, warum, aber etwas an dem Spiegel hielt sie gefangen. Er schien mehr zu sein als nur ein Stück altes Glas und Holz.

In der Nacht träumte Anna von dem Spiegel. Sie stand davor, wie an diesem Tag, aber diesmal war das Glas klar und glänzend. Und da war das Mädchen. Ein zartes Kind mit blassem Gesicht, blondem Haar, das ihr in weichen Wellen über die Schultern fiel. Sie lächelte Anna zu, ein trauriges Lächeln, das durch die Zeit hindurch drang. Anna erwachte schweißgebadet, ihr Herz pochte wild in ihrer Brust.

Am nächsten Morgen stand sie wieder vor dem Spiegel. Der Staub war noch immer da, doch sie wischte ihn mit zitternden Händen ab. Das Glas schien heller zu werden, als sie es berührte, und plötzlich war da wieder das Mädchen. Nur ein flüchtiger Blick, aber es reichte, um Anna zu verunsichern. Sie fuhr zurück, ihre Hände zitterten noch immer, doch das Bild war verschwunden.

„Einbildung", murmelte sie, aber der Gedanke ließ sie nicht los. Das Bild des Mädchens, die blauen Augen, die sie durch das Glas ansahen, hatten sich tief in ihr Bewusstsein gegraben. Es war nicht nur eine Einbildung gewesen, da war mehr.

In den folgenden Tagen suchte Anna immer öfter den Spiegel auf. Sie sprach mit Jakob nicht darüber, aus Angst, er würde es als Unsinn abtun. Er würde sagen, sie sei müde oder überarbeitet, aber sie wusste, dass es real war. Jedes Mal, wenn sie vor dem Spiegel stand, schien das Glas lebendiger zu werden, als würde es nur auf sie warten.

Und dann, eines Abends, während die Dämmerung das Haus in ein tiefes Blau tauchte, erschien das Mädchen wieder. Doch diesmal blieb es. Ihr Gesicht war blass, die Augen groß und feucht, als hätte sie geweint. Sie hob ihre Hand und winkte Anna zu.

„Bitte…", hörte Anna eine leise Stimme, die nicht aus dem Spiegel, sondern direkt aus ihrem Kopf zu kommen schien. Es war ein Flehen, das durch die Zeit selbst schnitt. „Sprich mit mir."

Anna spürte einen kalten Schauer über ihren Rücken laufen, doch sie konnte sich nicht abwenden. „Wer bist du?" flüsterte sie, ihre Stimme zitterte.

„Lina", kam die Antwort, schwach, fast wie ein Hauch. „Ich bin Lina."

Anna konnte kaum atmen. Das Mädchen, Lina, streckte erneut ihre Hand aus, als wolle sie durch das Glas greifen, doch es blieb eine unsichtbare Barriere zwischen ihnen.

„Warum bist du hier?" fragte Anna, während ihr Herz wild pochte.

Linas Gesicht verzog sich vor Schmerz. „Ich bin hier gefangen. Seit so langer Zeit. Bitte… sprich mit mir. Ich bin so allein."

Die Worte des Mädchens durchdrangen Anna. Eine Traurigkeit, so tief und alt, dass sie ihr fast die Luft nahm, erfüllte den Raum. Doch es war mehr als das. Etwas an der Stimme des Kindes, an ihrer verzweifelten Bitte, zog Anna immer tiefer hinein.

Von diesem Moment an sprach Anna jeden Tag mit Lina. Sie erfuhr, dass das Mädchen hier lebte, vor vielen Jahren, in diesem Haus, in dem Spiegelzimmer.

⟨VIII⟩

Lina war krank gewesen, schwach. „Sie haben mich vergessen", flüsterte Lina eines Abends. „Alle sind gegangen, und ich bin hier geblieben."

Anna versprach dem Mädchen, sie nie allein zu lassen, und fühlte dabei, wie die Verbindung zwischen ihnen stärker wurde. Jakob bemerkte nichts, denn Anna sprach nie von ihren täglichen Besuchen vor dem Spiegel. Sie wusste, dass er sie nicht verstehen würde. Es war etwas zwischen ihr und Lina, eine unausgesprochene Verbindung, die niemand anderes sehen konnte.

Aber mit jeder Nacht, die verging, begann Anna sich seltsam zu fühlen. Etwas Dunkles hatte sich in ihre Träume eingeschlichen, in ihre Gedanken. Sie spürte Linas Anwesenheit nicht nur im Spiegel, sondern überall. Ihre eigenen Reflexionen begannen sich zu verändern. Es war, als wäre Lina nicht nur im Glas, sondern in Anna selbst.

Eines Morgens, als sie sich im Spiegel betrachtete, sah sie es: Linas Gesicht war ihr eigenes geworden. Ihre Augen, ihr Haar, sogar der Ausdruck – es war Lina, die sie ansah, nicht mehr sie selbst.

„Du musst mich hinauslassen", sagte Lina eines Nachts, als Anna wieder vor dem Spiegel stand. „Ich möchte frei sein. Du kannst das. Lass mich gehen."

Anna zögerte. „Wie…?"

Lina streckte ihre Hand aus, näher als jemals zuvor. „Komm näher. Berühre den Spiegel."

Anna zitterte. Sie wusste, dass etwas nicht stimmte, doch die Macht, die von Lina ausging, war zu stark.

Sie konnte nicht widerstehen. Langsam hob sie ihre Hand und legte sie auf das kalte Glas.

In diesem Moment durchbrach die Kälte ihre Haut, drang tief in ihre Knochen, und sie spürte, wie etwas in sie hineinsickerte. Etwas Dunkles, Altes. Sie versuchte, ihre Hand zurückzuziehen, doch es war zu spät. Linas Lächeln veränderte sich, wurde triumphierend, grausam.

„Danke", flüsterte Lina, als ihre Gestalt im Spiegel verschwand.

Anna taumelte zurück, doch als sie in den Spiegel sah, war ihr Gesicht nicht mehr ihr eigenes. Es war Lina, die sie jetzt im Glas ansah – Lina, die die Kontrolle übernommen hatte.

Und Anna? Anna war in der Stille des Spiegels gefangen, ein stilles Echo, das niemand hören würde.

Die Maske des Kabuki

HARUKA ISSHIKI

Tokio, 1924. Das Herz der Stadt pochte im Rhythmus der boomenden Moderne, doch tief in den Straßen, in den schattigen Gassen, wo das Licht der aufkommenden Elektrizität kaum reichte, lebte noch eine andere Zeit. Eine Zeit der Tradition, der Riten, des Kabuki-Theaters.

Takao Mizuki, einer der renommiertesten Kabuki-Schauspieler seiner Generation, bereitete sich auf die größte Rolle seines Lebens vor. Sein Name hatte längst die Bühnen der Hauptstadt durchdrungen; das Publikum vergötterte ihn für seine meisterhafte Darstellung alter Figuren. In einer Kunstform, in der der Ausdruck und die Maske das Spiel prägten, war Takao ein Meister, dessen Perfektion sich mit den Göttern selbst zu messen schien.

Für seine nächste Aufführung, ein selten aufgeführtes Stück, sollte er einen **Oni**, einen Dämon aus den Tiefen der japanischen Folklore, verkörpern. Es war die Rolle seines Lebens. Doch er wusste nicht, dass es auch seine letzte sein könnte.

Der Brief kam unerwartet. Es war ein grauer Morgen, als Takao das kleine Päckchen entgegennahm. Kein Absender, nur sein Name auf dem Umschlag.

⚜ VIII ⚜

Darin lag eine antike Maske, kunstvoll geschnitzt und verziert, mit Hörnern und grimmigen Zügen. Die Maske eines Oni. Ihre Augen wirkten leer, aber gleichzeitig tief – zu tief, als ob etwas in ihnen lauerte.

Beigelegt war eine Notiz in feiner Handschrift:

„Diese Maske verleiht dem Träger unendliche Fähigkeiten auf der Bühne. Sie wird dich zu dem machen, was du immer sein wolltest – perfekt.“

Takao, fasziniert und gleichzeitig unruhig, legte die Maske vorsichtig auf den Tisch. Er betrachtete sie lange, und etwas an ihr zog ihn an. Die kunstvolle Gestaltung, die filigranen Details, die scharfkantigen Hörner – es war, als wäre sie speziell für ihn geschaffen worden. Perfekt für die Rolle, die ihm bevorstand.

In den folgenden Tagen probierte Takao die Maske bei den Proben aus. Sobald er sie aufsetzte, schien sie sich wie eine zweite Haut an sein Gesicht zu schmiegen. Er fühlte eine unerklärliche Verbindung zu ihr, als ob sie ihm Kraft gab. Seine Bewegungen wurden geschmeidiger, seine Stimme tiefer und druckvoller. Die Zuschauer bei den Proben waren begeistert, seine Kollegen bewunderten ihn und flüsterten untereinander, dass dies seine beste Rolle sein würde.

Doch etwas war seltsam. Jedes Mal, wenn er die Maske absetzte, fühlte er sich schwach, ausgelaugt, als ob sie ihm mehr als nur seine Energie entzogen hatte. Und dann kamen die Stimmen.

Es begann in der ersten Nacht, nachdem er die Maske nach Hause gebracht hatte. Er hatte sie neben seinem Futon abgelegt, ihre Augen schienen ihm auch im Dunkeln zu folgen. Takao drehte sich um, versuchte zu schlafen, aber die Ruhe kam nicht. Stattdessen hörte er leises Flüstern, kaum wahrnehmbar, aber es drang in seine Gedanken ein wie der kalte Wind einer Winternacht. Stimmen, die seinen Namen flüsterten, die ihm alte Worte zuraunten, die von vergangenen Leben sprachen.

Er schaltete das Licht an, aber nichts war da. Die Maske lag still da, in der Dunkelheit ihrer starren Züge gefangen. Doch Takao wusste, dass das Flüstern aus ihr kam. Er sagte sich, es sei nur seine Fantasie – die Aufregung vor der großen Aufführung, die Nervosität, der Druck. Doch er spürte, wie die Maske ihn beobachtete.

Am nächsten Tag setzte er sie wieder auf, bereit für eine weitere Probe. Doch diesmal war es anders. Als er die Maske auf sein Gesicht legte, schoss ein kaltes Gefühl durch seinen Körper. Seine Hände zitterten kurz, aber dann... dann fühlte er sich stärker als je zuvor. Die Stimmen, die er in der Nacht gehört hatte, verstummten, als er die Maske trug, und er tauchte in die Rolle des Oni ein, als wäre er der Dämon selbst.

Die Aufführung rückte näher, und Takao merkte, dass er die Maske immer häufiger tragen musste, um die gleiche Leistung zu erbringen. Ohne sie fühlte er sich unvollständig, schwach und verloren. Es war, als ob die Maske einen Teil von ihm verschlang, ihn langsam aushöhlte.

In den Nächten kehrten die Stimmen zurück, lauter, deutlicher. Sie riefen nicht nur seinen Namen, sondern flüsterten von den Seelen, die die Maske vor ihm getragen hatten. Takao sah in seinen Träumen Männer, die in längst vergangenen Jahrhunderten lebten und auf der Bühne standen – immer mit der gleichen Maske. Und immer endete ihr Schicksal tragisch.

„Die Maske gehört nicht dir", zischte eine der Stimmen eines Nachts. „Sie war nie dein Besitz. Du bist nur ein weiteres Gesicht, das sie tragen wird."

Takao begann, sich von der Realität zu entfernen. Seine eigene Identität schien ihm zu entgleiten, und er fragte sich, wer er war, wenn er die Maske nicht trug. War er der gefeierte Schauspieler oder nur ein weiterer Träger des Oni? War die Maske ein Teil seiner Rolle oder war die Rolle längst Teil von ihm geworden?

Am Tag der Aufführung stand er vor dem Spiegel in seiner Garderobe. Die Maske lag vor ihm, still und doch lebendig in ihrer unheimlichen Präsenz. Seine Hände zitterten, als er sie aufhob. Diesmal fühlte sie sich schwerer an, als würde sie sich weigern, erneut abgenommen zu werden.

Er setzte sie auf.

Die Bühne war gefüllt mit Zuschauern, die erwartungsvoll auf den Höhepunkt des Stücks warteten. Takao trat hinaus, sein Gang fest, seine Haltung wie die eines Dämons aus der Unterwelt. Das Publikum starrte ihn an, ihre Gesichter leuchteten vor Bewunderung, doch sie sahen nicht mehr den Mann, den sie kannten. Sie sahen den Oni, der in ihm lebte.

Mit jeder Minute auf der Bühne verschwanden die Grenzen zwischen Takao und der Rolle. Die Maske schien mit seiner Haut zu verschmelzen, seine Bewegungen wurden unnatürlich, seine Stimme tiefer und verzerrter. Die Zuschauer waren gebannt, unfähig, die Augen abzuwenden.

Doch Takao spürte es – die Maske löste sich nicht mehr. Seine Hände versuchten, sie von seinem Gesicht zu reißen, doch sie war fest wie eine zweite Haut. Die Stimmen schrien jetzt in seinem Kopf, alte Flüche und bittere Klagelieder, und er verstand, dass er nicht der erste war. Und er würde auch nicht der letzte sein.

Am Ende der Aufführung stand er reglos auf der Bühne. Das Publikum jubelte, aber Takao hörte es nicht mehr. Sein Geist war in der Maske gefangen, ein weiteres Opfer der Macht, die durch die Jahrhunderte hindurch wirkte. Er war nicht mehr der Schauspieler. Er war der Dämon.

Die Maske lag still, ihre leeren Augen starrten auf das jubelnde Publikum – bereit, den nächsten zu verschlingen, der töricht genug war, sie zu tragen.

ⅠⅧⅨ

Danke und Happy Halloween!

Vielen Dank, dass Sie die Geschichten dieser Anthologie gelesen haben! Wenn Ihnen die düsteren Welten, unheimlichen Begegnungen und fantasievollen Erzählungen gefallen haben, gibt es noch viel mehr zu entdecken. Die Autorinnen und Autoren dieser Sammlung haben noch zahlreiche weitere Geschichten zu erzählen – voller Spannung, Magie und Geheimnisse. Besuchen Sie Infinity Gaze Studios AB, um mehr von ihren Werken zu lesen und in zukünftigen Anthologien weitere packende Geschichten zu finden. Unsere Bücher sind überall dort erhältlich, wo Sie online Bücher kaufen – also bleiben Sie dran für weitere Reisen in die Tiefen des Unbekannten.

www.infinitygazestudios.com